ARTHUR DE GRAVILLON

LA
MALICE

DES

CHOSES

AVEC 100 VIGNETTES GRAVÉES PAR BERTALL

D'APRÈS LES DESSINS DE L'AUTEUR

PARIS

ACHILLE FAURE, LIBRAIRE-ÉDITEUR

18, RUE DAUPHINE, 18

1867

LA

MALICE DES CHOSES

OUVRAGES DU MÊME AUTEUR

EN PRÉPARATION

LA VÉNUS DES SONGES

Paris. — Imprimerie L. Poupart-Davyl, rue du Bac, 30

EXORDE DE LA DEUXIÈME ÉDITION

EXORDE DE LA DEUXIÈME ÉDITION

Voulez-vous que je vous expose, en manière de préface, tout ce qu'il m'en a coûté pour avoir, le premier entre les mortels, osé traiter *ex professo* de la *malice des choses* ? — C'est une comico-tragique histoire ! — Sujet épineux et brûlant, en vérité, que celui-là pour qui s'y frotte et pour qui y touche ! Les choses courroucées contre mon audace me l'ont depuis, par représailles, bien douloureusement fait sentir.

Je ne mettrai même point en ligne de compte la

peine prise à enfanter ce petit volume, — le plaisir de
le concevoir ayant de beaucoup dépassé le travail de
son accouchement. Et puis, les langes déchirés du
manuscrit pouvaient seuls visiblement témoigner de
l'obstiné labeur qu'exige d'ordinaire le moindre
chapitre, la plus petite page et jusqu'à la dernière
phrase dans l'œuvre d'un auteur épris et jaloux de
son art : que de ratures et de surcharges avant de
trouver la tournure propre et l'expression précise !
Et que de recommencements ou d'élans en tous sens
pour n'atteindre, le plus souvent, qu'à moitié de son
rêve et n'obtenir qu'à demi de son désir ! — Mais
j'oublie que ce sont là des secrets de famille dont le
vulgaire ne se doute ni ne se soucie, lui qui croit
toujours également aisé d'écrire comme on parle et
de parler comme on écrit : oui, certes, lorsqu'on ne
barbote des doigts ou qu'on ne pourlèche de la
langue que dans la vaisselle des lieux communs de
l'esprit.

Jugez, tout au moins, du mauvais sort qui frappa
mon livre, dès sa naissance même : en effet, à peine
confié, dans l'imprimerie, aux soins du prote, —

ce père nourricier des enfants de la presse, — il tomba en telle malechance qu'au jour où je vins pour le retirer du séchage ou sevrage, il m'apparut typographiquement criblé de fautes aussi absurdes qu'étranges ; à ce point qu'une sueur froide me perla sur le front en même temps qu'un voile de larmes me roula sur les yeux, quand je fus pour embrasser ce fils chéri et abominablement contre-fait !

Le proverbe a, ma foi ! bien raison : — Si c'est en paradis que l'on compose, c'est en purgatoire que l'on imprime et en enfer que l'on publie... Encore faut-il traverser — entre le purgatoire qu'attise plus ou moins un imprimeur négligent ou maladroit, et l'enfer où grouillent en sens contraire les critiques acharnées, — les silencieux et glacials limbes de l'apparente indifférence des proches voisins que secrètement agace le bruit d'une plume courant sur le papier ou que cette même plume inquiète, surtout lorsqu'elle est jeune et vive, et qu'elle menace de franchir d'un coup d'aile leurs têtes armées de cornes et ornées d'oreilles d'égale longueur !

Passons outre, quand même, et de par la *malice
des choses*, notez encore, je vous prie, mon singulier
jeu de malheur au moment où je lançai le nouveau-
né dans le monde, — autant dire à l'eau de mer !
L'éditeur avait été pourtant choisi entre tous, et le
vieux Dentu dédaigné dans son Palais-Royal, pour
donner la préférence au jeune et vaillant *Poulet-
Malassis*. — Hélas ! nom tristement prophétique !
infortuné libraire ! et que n'ai-je plutôt compris le
fatidique sens de tes armes criantes ! — Un poulet
mal assis sur un bâton ! — Moi, qui avais déjà eu en
précédente publication (1) chez un éditeur homo-
nyme, rue du Cherche-Midi — à quatorze heures
aujourd'hui ! — un autre *Poulet* tué sous moi, j'en-
fourchai encore celui-là, piquant des deux à la gloire
et à la fortune, au chant perçant de son réveille-ma-
tin !... Or, le lendemain même, — mon livre au bec, —
le malheureux chavirait de son perchoir et culbutait
les pattes en l'air, derrière sa vitrine, rue Richelieu,
à l'angle de ce fameux passage alors récemment

(1) ÉLÉVATIONS, — *pensées religieuses*. Victor Poulet, libraire-
éditeur, 7, rue du Cherche-Midi.

pratiqué par le banquier Mirès, lui aussi de croulante ou sautante mémoire !

Ce n'est point tout : suivant bientôt le cours de la faillite et du ruisseau, mon édition s'en alla du côté de la Seine, s'engorger par centaines d'exemplaires, à l'ironique abord de la rue de là Banque, sous les jupes humides d'une vieille revendeuse de chiffons imprimés entre lesquelles elle s'échoua... Là; de hasard me promenant, je l'aperçus, à travers les éclaboussures des roues, tout empilée comme un tas d'épaves et surmontée d'une affiche jaunie, — signal de déroute, — qui déclarait à la fois son écoulement au rabais et son arrêt dans l'oubli.

Encore bien aurais-je bu d'un trait cet affront suprême et me serais-je ainsi résigné aux conséquences inévitables de la catastrophe de mon Poulet-Malassis, si, — ensuite d'un guignon et d'une coquinerie des mieux assortis, — en même temps et de divers côtés, on ne m'avait signalé de nombreuses distributions de mon volume de *la Malice des choses* faites par tout Paris avec accompagnement de circulaires implorant la charité publique et privée,

— et toutes faussement signées de mon nom.

En vain la police avertie fureta et guetta en tous
les coins et à toutes les portes, ses recherches
demeurèrent sans résultat ; et malgré son habituel
coup d'œil, aussitôt suivi d'habile coup de main, elle
ne réussit qu'à découvrir la couleur de cheveux des
deux divers exploiteurs : l'un blond et l'autre brun :
le premier, qui portait tranquillement lettres et livres
à domicile, et le second, qui prélevait lestement les
aumônes déposées chez les concierges par leurs
dupes généreuses.

Beaucoup, paraît-il, donnèrent... dans le piége ;
et je me réjouirais fort si plusieurs pouvaient rencontrer ici l'expression de ma juste gratitude... Entre
autres un quidam, quelque peu cousin d'un de mes
cousins (je ne sais pourquoi, mais j'ai toujours eu
maille à partir, — hiver comme été, — au milieu de
ma nuée de cousins !), petit homme haut planté et
qui, prenant ma supplique au *nom* et à la *lettre*, et
me croyant déchu en subite et profonde misère,
versa aussitôt, par intérêt pour mon volume et pour
ma personne, un pleur et — trois francs ! — ce dont

je l'ai, d'ailleurs, à l'époque, assez chaudement remercié pour rester certain qu'en cas de ruine réelle il serait encore prêt, — sous couverture de la *malice des choses,* — à m'ouvrir dans sa caisse et dans ses bras pareil crédit d'un petit écu.

Il y a plus; il y a pire ! — Vous remarquerez qu'au chapitre XVI — tout encadré de noir, — je cite comme témoins deux amis : le camarade L.... et le cousin A...; L..., qui avait alors un lipome au doigt, et A... un deuil au cœur : double douleur de l'âme et du corps incessamment surexcitée par des chocs différents et dont je pris acte et exemple pour le besoin de ma cause. Eh bien ! l'année n'était pas encore écoulée que, sur le tapis vert de ce billard d'occasion où carambolent nos destinées, — par coups de queue et renvois de bandes impossibles à vous figurer, — mes deux boules intimes s'écartèrent subitement de moi, l'une disparaissant dans certain tablier... l'autre bondissant par dessus certain bord... L'un et l'autre me laissant aussi stupéfait que navré !

Puissent-ils, eux surtout, lire ces lignes commémoratives de leur bizarre défection et reconnaître, comme moi, qu'ils n'ont fait qu'obéir, en aveugles, aux sourdes instigations de la *malice des choses!*

Ainsi donc vous voyez, d'après la légende même de ce présent livre, comment les choses prennent leur revanche et se vengent triplement de qui en médit et en édite la secrète malice...

N'importe! je m'entête, je m'enrage à la lutte! je veux en avoir le cœur net et en savoir le fin mot. Les choses n'ont qu'à se bien tenir : elles apprendront qui je suis! — et si, en définitive, je ne puis réussir à leur arracher leur masque ou leur manteau, à tout le moins, comme Hamlet frappant du pied sur sa terrasse ou de l'épée dans sa tapisserie, j'aurai porté un rude coup à ces esprits ténébreux qui ne cessent d'épier nos gestes et d'espionner nos pas!

C'est pourquoi je les brave à nouveau, crayon et plume en avant! — mais assisté, cette fois, d'une maîtresse pointe dont la célèbre valeur doit suffire à *l'illustration* d'une victoire!

Quant au texte de cette deuxième édition revue, corrigée et considérablement... diminuée, — car j'ai mis plus longtemps pour faire plus court, — il paraîtra sans doute très-incomplet en regard de l'immensité de mon sujet. Mais, comme Tristan Samdy, « je déteste un livre qui dit tout » ; et, ne pouvant ni ne voulant compiler, ainsi qu'en un dictionnaire, les innombrables motifs fournis par l'expérimentation de la *malice des choses*, je n'avais qu'une part à choisir ou qu'un parti à prendre : couper à même dans la pièce un simple échantillon, ou donner le ton du morceau dans lequel chaque lecteur continuera, s'il lui plaît, de psalmodier, d'accord avec moi, la complainte de ses personnelles mésaventures.

Car, qui n'a, de son côté, recueilli mille remarques sur la capricieuse et constante malice de toutes les choses de ce monde, — principalement de celles qui sont taillées et façonnées de main d'homme, — comme si elles acquéraient par notre contact même une sorte de méchante aimantation ? Qui n'a éprouvé maintes fois, aux détails de sa vie, dans l'enchevêtrement des fatales contrariétés et des fâcheuses coïncidences de chaque jour, combien les

éléments et les êtres, — eux aussi machinalement
poussés, — surgissent et se ruent à l'encontre opposé de nos plus grands efforts comme de nos
moindres tendances? Qui n'a observé, — de l'aventure à l'événement, — que tout, dans le drame terrestre, dépend, le plus souvent, de la place ou de
la conduite de tel petit objet, d'abord dédaigné, et
dont l'extrême importance, à l'instant où on y pense
le moins, se révèle au centre même de nos catastrophes ou de nos péripéties : brin de paille dans le
fer d'essieu de nos roues brisées ou grain de poussière dans l'iris de nos yeux abusés, — de nos
yeux, ces deux roues du char élyséen de l'âme?

Partout et toujours, — et en dépit de la divine
Providence que l'on nous représente mesurant le
vent à la brebis tondue, donnant la pâture aux
petits des oiseaux tombés de leur nid, et ne permettant
la chute de chacun de nos cheveux que sur un décret
spécial signé là-haut, — toujours et partout, cependant, c'est, en réalité, le mal qui triomphe et
c'est le malheur qui l'emporte! Partout et toujours
le vent ravage, la pâture manque et le cheveu

s'envole! Partout et toujours l'épi solitaire se meurt étouffé au milieu de la mauvaise herbe multipliante! — La goutte d'eau se refuse à qui a soif, tandis que le torrent submerge celui qui se penche sur ses bords! Et le feu allumé le matin pour réchauffer les membres engourdis d'un pauvre homme s'éteint, — puis se ravive et éclate le soir, dévorant une ville entière!

.: Ainsi se rattache, par plis et replis, le nœud du système de la *Malice des choses* au plus insondable des mystères, au plus inexplicable des problèmes : celui de L'ORIGINE DU MAL... Or, tous les mortels, plus ou moins, en ont connu les effets; nul, ni peu ni prou, n'en a compris la cause : philosophes et théologiens sont là, l'un par l'autre, mis à la question, — au pied du même mur de l'impossible, acculés, écrasés, — réduits à quia et comme bâillonnés par l'absurde en face de l'abîme insondable où tournent toutes les têtes et où se tourmentent tous les cœurs!

Oh! qui nous donnera jamais la clef du premier puits du mal creusé, noir, et jaillissant au sein même de l'infinie lumière! Clef trouvée, — on ne sait où ni comment, — bien avant que les feux de l'enfer fussent encore allumés, — et que le plus beau des anges, Lucifer, un jour avisa et ramassa, dit-on, sur le seuil même de l'éternel tabernacle!

D'où a pu naître en effet, — je vous le demande, — sous la pure et absolue sérénité des cieux, la première pensée mauvaise et la première idée de bouleversement, alors qu'il n'y avait, nulle part, ni tentateur existant ni désordre même imaginable? La liberté dans le bien, qui remplissait tout alors, n'était-ce point assez pour manifester la puissance divine? — Fallait-il des démons en contraste avec les anges? Fallait-il des multitudes de damnés pour la plus grande gloire d'un petit nombre de justes? Fallait-il qu'il y eût nécessairement vice et péché pour faire ressortir la vertu et la perfection, et d'affreuses douleurs pour faire mieux sentir la suprême jouissance? Et encore, — je le demande à tous les penseurs interdits, — par où l'ombre seule du Mauvais a-t-elle pu surgir dans la conception du souverainement Bon, et se réfléchir d'avance dans les prévisions de son esprit, et s'étendre à jamais sur la création de sa main? Aussi bien, qu'est-ce que la puérile supposition d'une épreuve originelle supposant elle-même la possibilité de la faute, c'est-à-dire le règne du mal déjà conçu, fondé en perspective, — de telle sorte que nous ne faisons toujours que reculer plus loin et plus haut la terrible recherche du vice primordial, en germe caché, — comme un cancer, — au sein même du malheureux Créateur et de son œuvre imparfaite!

Bah! sans pouvoir donc connaître comment tout cela a commencé, ni savoir comment tout ceci finira, — autant vaut admettre, dans l'incompréhensible pratique de l'état de choses actuel, mon hypothèse des génies malveillants et malfaisants répandus par légions invisibles dans les airs et dans les corps; et bien que je n'en sache pas davantage sur la naissance ou l'essence de ces démoniaques lutins, leur génération une fois constatée, — quoique inexpliquée, — n'est-il pas piquant et plaisant de les poursuivre et de les surprendre en flagrant délit jusque dans leurs derniers retranchements? — Avant moi, du reste,

plusieurs se sont divertis à pareille chasse : Horace
et Juvénal, La Bruyère et Boileau ont contre eux,
en même levée, d'ici et de là décoché la flèche
aiguë de leurs styles et tiré le canon de leurs plumes
chargées à sel; je n'ai fait, à leur suite, que pénétrer
plus avant dans le fourré, pour battre à fond le
buisson embrouillé et obscur de l'univers créé; —
et voilà, maintenant, que j'aboie à pleine gorge en
voyant soudain se dresser devant moi, — l'un à
l'autre enroulés, comme un caducée symbolique,
— ces deux bouts extrêmes du grand Inconnu : —
la queue du diable et le doigt de Dieu!

LA

MALICE DES CHOSES

I

THÉORIE

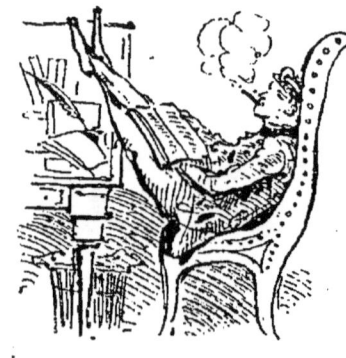

Hommes de peu de chance, sédentaires heurtant du front à l'angle de votre cheminée, ou voyageurs butant du pied au caillou des chemins, — vous tous qui avez à vous plaindre *des choses*, — venez que je vous console ; que je vous console comme le font d'habitude les meilleures âmes, par le récit de mes personnelles mésaventures ; du moins, en m'écoutant

gémir, peut-être oublierez-vous de pleurer pour
votre propre compte et, parfois même, vous pren-
drez-vous à sourire au drôlatique défilé de nos
communes petites misères.

Bien heureux sommes-nous encore, vous et moi,
de n'avoir à nous confier, aujourd'hui, que les griefs
résultant de nos rapports avec le monde d'apparence
inanimé. Que serait-ce, grand Dieu! si nous entre-
prenions de nous raconter les mutuelles blessures
du monde vivant? Quel fiel aux lèvres et que d'amer-
tume dans le cœur si nous voulions seulement nous
souvenir! Point n'est ici notre sujet : nous laissons
les hommes pour les choses ; celles-ci reposent de
ceux-là. Quelles qu'elles soient, accablantes ou mali-
cieuses, elles seront toujours préférables à la sottise
ou à la méchanceté humaines. Quant à moi, je suis,
à coup sûr, moins meurtri par la rencontre subite
d'un tronc d'arbre que par celle de certain personnage, et j'accepte encore plus volontiers la tuile
qui attend que je passe pour me tomber sur la tête,
que la trahison d'un ami qui attend que j'aie placé
en lui toute ma confiance pour me briser le cœur!

Je dois même reconnaître qu'en thèse générale
les choses ont sur les hommes une incontestable
supériorité : celle de laisser en paix quand on ne
leur demande rien;

— plus encore,
celle de rendre la
paix de l'âme à
qui s'en va, par
exemple, au sortir
d'un bruyant ban-
quet, se jeter, à
l'écart, dans un
tas de foin, au milieu du vaste silence des
champs.

Il n'empêche que chaque objet particulier (et les
plus petits se rattrapent en étant les plus rageurs)
ne renferme en son for intérieur un principe de
malignité perpétuelle. A la surface et prises d'ensemble, les charmantes choses de la nature s'asso-
cient, dirait-on, à tous nos sentiments, à nos amours
comme à nos douleurs; mais au fond, et individuel-
lement, elles se raillent de nous : une implacable

ironie étouffe dans l'atome, un rire homérique éclate dans la molécule. Les corps inertes qui nous entourent sont autant de piéges et d'embuscades ; chacun est habité , hanté, comme possédé d'un esprit malin qui nous lorgne par les pores, hausse l'épaule derrière notre joie et se tient les côtes devant notre mélancolie.

— Légion partout embusquée de démons hostiles ; *frappeurs* inconnus, combattants invisibles, qui guignent et guettent chaque occasion de nous jouer leurs différents tours et de tromper sur tous les points notre continuelle vigilance.

Les niais et les nuls, c'est-à-dire ceux que l'on est convenu d'appeler en société *les gens sérieux*, riront stupidement à l'hypothèse de ce rire spirituel des choses. Qu'ils s'en aillent gloser loin de nous, austères contemplateurs d'un brin d'herbe, graves

méditants d'un grain de sable! Oh! prenons garde
de nous compromettre avec ces gens-là : les choses
ont des oreilles, elles entendent et s'entendent parfaitement entre elles ; un mot de trop, et nous pour-
rions le payer cher... Tenez, voici qu'à l'instant
même ma plume a craché sous mes doigts, comme
répugnant d'en écrire davantage. — Je vais, néan-
moins, la replonger dans l'écritoire... Holà! elle
dégorge en plein sur mon papier. — Eh bien! soit,
cette tache d'encre résumera peut-être mieux que
je ne l'aurais su faire mon système entier de la
malice des choses. Sur cette question ténébreuse,
en me lisant, vous n'eussiez jamais vu que du bleu ;
restons dans le vrai, cher lecteur, en n'y voyant que
du noir.

II

MA PANTOUFLE GAUCHE

Je ne saurais en-
core expliquer pour
quelle cause je com-
mence le récit de mes
contrariétés matériel-
les en vous parlant de
ma pantoufle gauche
plutôt que de la droite,
— plutôt que de n'im-
porte quoi. Toutes les choses auxquelles j'ai eu

affaire m'ont successivement déçu; bien qu'à vrai
dire il n'en est aucune qui se soit mise en révolte
plus ouverte avec moi que la susdite pantoufle.

Imaginez, — et c'est à faire frémir, — que, malgré mes précautions d'ordre, mes soins, mon souci,
cette étonnante babouche ne peut rester une nuit à
la place où je la dépose le soir... Telle est cepen-

dant mon ordinaire conduite envers elle : je la quitte
précieusement, tirant le pied et me baissant jusqu'à
terre comme si je la saluais au sortir; ceci fait, je
la rapproche avec toute l'attention possible de sa
tranquille compagne. — Ainsi rangées, côte à côte
sur le tapis, pointes en avant, talons contre le bois
du lit, on les dirait amarrées et leurs flancs de cuir
noir, ornés de glands, les feraient prendre volontiers
pour deux petites gondoles vénitiennes. Un moment
je les considère, afin de m'assurer qu'elles restent
immobiles au port qu'ensemble nous venons d'abor-
der... puis je m'élance, pieds nus, sur cette haute
plage, — plage natale du lit, — où l'on embrasse,
en divers retours, le sommeil, le plaisir et la mort!

Le jour paraît, je m'éveille, l'heure sonne ; je
vais pour me rembarquer à la vie réelle et je
cherche, tout d'abord, mes pantoufles. — Alors, le
croiriez-vous? jamais la gauche ne se retrouve au
bas du lit. — Par saint Antoine! où donc est-elle?
— Elle gît échouée aux divers écueils de la chambre,
à l'angle du secrétaire, entre les roulettes de
mon fauteuil, sous le lavabo ou la commode, seule

au coin du foyer, ou bien encore renversée à l'autre
côté de sa voisine; quelquefois, oh ! terreur, je la
rejoins juchée d'elle-même jusque sur mon édre-
don... Quelle tempête la transporte? que fait-elle
de ses nuits ?

Je n'ai ni chien ni chat pour justifier de ces noc-
turnes désordres ; je ne suis point somnambule ;
aucune visite que je sache ne me vient surprendre
de minuit à neuf heures, et je ne puis rêver non
plus que le visage tendrement inquiet d'une mère se
penche sur ma couche, entr'écartant les rideaux
pour me regarder ou m'écouter dormir !

Il faut donc que, dans ma pantoufle gauche, tirant
les cordons et levant l'ancre, sautent et voguent
quelques gnomes, djinns ou farfadets; il faut supposer qu'après leurs navigations fantastiques à tous
les horizons de la chambre, l'un d'eux, ma pantoufle
en tête et portant sa barque comme Samson les
portes de Gaza, gravit les escarpements de mon lit.

— Serait-ce celui-là dont je sens le poids, accroupi
sur mon cœur, dans le cauchemar des mauvaises
nuits ?

Mais, de jour comme de nuit, cette pantoufle a des allures vraiment extraordinaires : si je descends

l'escalier, la voilà qui clapote et m'abandonne dès la deuxième marche ; si je fais un tour de jardin, la voici qui adhère à la terre glaiseuse et reste en

route dès le troisième pas. Soit que, sortant botté, je
la lance contre la muraille et me précipite moi-même
pour la ranger; soit que, rentrant crotté, je m'empresse de la quérir, elle me fait damner à sa poursuite. Je la demande vainement à tous les diables,
et, en fin de compte, à la pantoufle droite seule
fidèle, mais qui ne sait toujours rien, en vertu du
vieux précepte que la droite doit ignorer ce que fait
la gauche et réciproquement.

Pour tout vous dire enfin, j'ai raison de supposer
que ma vagabonde est atteinte d'une aliénation
mentale provenant de l'amour.

En son jeune temps, lorsqu'elle était neuve et
moi novice encore dans l'art d'aimer, je m'enivrais,
une nuit, buvant à plein corsage aux charmes d'une
idéale beauté. — Vers la pointe du jour, lassée et
succombante, l'enfant au doux sourire refermait à
demi ses grands yeux alanguis, lorsque entra le
soleil, illuminant tout à coup la chambre et se jouant
en mille reflets tapageurs de la glace au plafond.
Avec un cri d'hirondelle, Léontine s'échappa de mes
bras, et, enfilant l'une de ses mules, en l'absence

comme en l'impatience de l'autre, vivement elle

allongea son petit pied blanc dans ma pantoufle
gauche. — Je la vois encore qui se sauve frisson-

nante dans la pièce voisine, ses épaules de marbre harmonieusement enserrées sous la transparente dentelle de sa chemisette de nuit, sa longue chevelure d'or flottant dans les rayons du matin !

Elle s'habilla et partit. Hélas ! ce fut pour ne plus revenir...

Depuis lors, ma pantoufle a littéralement perdu le sens, elle est restée ensorcelée sous la pression de cet adorable petit pied, luisant comme le satin, volage comme l'oiseau, qui nous a fuis l'un et l'autre... on ne sait où.

Aussi bien, lorsque je me surprends aux rêveries du regret et qu'une larme coule mélancolique le long de mes souvenirs, je saisis machinalement ma pauvre chère pantoufle gauche, et, si capricieuse qu'elle soit, je la comprends et lui pardonne; bientôt, pour mieux songer, tout en la retenant dans ma main, je m'accoude, et l'oreille appuyée contre son ouverture, je crois ouïr au fond comme une vague rumeur : —celle de la coquille des mers... celle de l'amour qui a passé par là !

III

LES PETITS GRAVIERS

De ma pantoufle à mes bottes, la transition est facile et, à propos de bottes (1), tout m'est possible et permis : tout ! excepté de me déchausser en public lorsqu'un malencontreux petit gravier s'insinue traîtreusement sous la plante d'un de mes pieds

Or, c'est là ce dont je suis victime chaque fois qu'une circonstance solennelle m'oblige de marcher

---

(1) La preuve en est écrite dans un livre illustré, sous ce titre : *A propos de bottes*, et édité par Achille Faure, 18, rue Dauphine.

droit ou de chanter juste : pour peu que j'engage
irrévocablement un pas devant l'autre, je sens percer sous mon propre poids la fine pointe d'un petit
gravier, fait exprès, accouru du bout du monde peut-
être, prédestiné de toute éternité à son rôle d'un
instant. Ainsi puis-je compter sur lui quand j'ai le

plaisir de valser avec mademoiselle M... ou l'honneur
de me promener avec madame N... — Dans mes
plus précieuses intimités avec ces deux charmantes
personnes, il y a toujours un petit gravier de rencontre qui se met de la partie, mal à propos, et
compromet également ma contenance et mon ama-

bilité. — Aïe! que me veut-il? D'où vient qu'à plusieurs reprises différentes il m'a fait manquer la mesure tout au milieu d'une extatique pirouette avec

mademoiselle M...? D'où vient qu'en des circonstances pareilles, il m'a fait boiter tout au long du cours d'un tendre entretien avec madame N...? — Oui! ce doit être à chaque fois le même gravier persistant, toujours habile à rentrer dans ma botte ou ma bottine après chaque expulsion ; c'est lui qui s'est érigé en sentinelle d'alarme défendant ma vertu, pied à pied, contre moi ; lui qui s'est attaché comme un boulet de force à mon talon tenté ; lui qui s'est roulé en rocher d'obstacle, impossible à tourner, et m'écrasant de sa douleur alors que je le foulais réellement !

Sans lui, mes passions n'eussent point connu de bornes : en dansant avec mademoiselle M... mon cœur eût tout dit assurément, s'il ne m'avait fallu accorder au petit gravier la plus vive part de mes

sensations ; en marchant avec madame N..., ma bouche eût, à coup sûr, tout fait, si je n'avais été obligé de calculer mon équilibre en raison de l'empreinte aiguë de ce même petit gravier !

Mais quelle est la scène, triste ou gaie, élégiaque ou tragique, imposante ou vulgaire, où n'interviennent en héros moqueurs quelques – uns de ces méchants graviers? On les retrouve partout : dans le pain, où ils font grincer

la première bouchée de l'appétit ; dans la paupière,
où ils aveuglent le premier regard de l'enfant ; dans
le cœur même, où ils se mêlent aux premières
semences de l'illusion et remplacent à jamais le
grain qu'on espérait voir fleurir ! — En vérité, je
ne les sais favorables qu'au gésier des poulets de

basse-cour célébrant à tue-tête l'excellente digestion
qu'ils leur doivent.

Imaginaires ou réels, il suffit de l'un d'eux, placé
ici plutôt que là, pour décider fatalement de toute
une destinée. Ce que nous appelons *hasard* c'est un
gravier d'occasion : sur celui-là peut, en passant,
tressauter et trébucher l'univers tout entier ! Et

n'est-ce point la loi même des choses en ce monde?
— les *petites*, mères des *grandes* ; les *riens*, pères des
touts. — Le rat ne délivre-t-il point le lion et le
moucheron n'en triomphe-t-il pas?

A quoi tient l'existence ou la raison d'une créature? — A un gravier soudain formé dans son uretère
ou jeté dans sa cervelle par le premier vent venu.
De quoi dépendent nos plus graves déterminations,
et par suite nos plus irrévocables engagements? —
De petits graviers, incidents d'une heure, accidents
d'un jour, fortuitement rencontrés, et sur lesquels la
balle de notre volonté rebondit en frappant tel angle
et en suivant telle ligne... Qui fait éclater la locomotive? — un gravier caché dans ses entrailles de
fer. Qui fait, dans les champs de batailles,

De morts et de mourants cent montagnes plaintives [1]...

— Encore un gravier de trop dans la balance poli-
tique, je veux dire un caprice de plus dans l'humeur
des souverains. Le sort des empires et le bonheur
des peuples demeurent en perpétuel suspens d'un

petit gravier : celui du lendemain ! celui-là contre lequel, tour à tour, expire l'Océan ou se brise César !

— Antoine en avait un dans l'œil lorsqu'il s'enfuit avec Cléopâtre ; Cromwell en avait un autre — ailleurs — lorsqu'il mourut.

IV

LES TROUS ET LES TACHES

Si, prenant mon vol comme le poëte et grandissant peu à peu mon sujet, je m'élève de la considération de mes chausses à la contemplation de mes vêtements supérieurs, presque à chaque heure et à chaque place je constate de nouvelles maculations et de nouveaux déchirements. — Une malignité singulière semble acharnée à ma personne, comme un chien invisible dont apparaîtraient seulement la bave et les morsures.

Si j'endosse le matin un habit neuf, je puis tenir

pour certain que le soleil ne se couchera point sans
qu'il lui arrive trois ou quatre fois malheur : je
frissonne du collet ; je me sens mal dans les coudes ;

d'affreux pressentiments me courent le long des
jambes et mes basques flottantes se resserrent derrière moi, comme effrayées de tout ce qui nous
menace. — Ah ! parlez-moi des vieilles défroques !
du paletot retourné, chaud compagnon des hivers ;
du gilet de quatre ans, et qui ne fait que changer
de lustre ; de la culotte maintes fois rapiécée qu'ont
éprouvée de longues marches sur le chemin de la

vie! ce sont là les vrais, les seuls amis, comprenant nos moindres formes, ayant les plis de nos plus secrètes coutumes; incapables surtout de nous trahir aux pires endroits, ou de laisser percer une souillure dans l'indéfinissable couleur de leur tissu.

Mais qu'il en va différemment dès les premières exhibitions d'un habit riche et soigné! — Les miens

en savent quelque chose et le peuvent témoigner. — Alors, s'il n'y a dans toute la ville qu'une porte

fraîchement peinte, quelque affaire urgente m'oblige
à la franchir, et, frôlant le chambranle, je poursuis
ma route galonné ou zébré comme un sergent français ou comme une guérite autrichienne: Alors un
simple clou rouillé, inutile, oublié depuis des siècles
à l'angle d'un panneau et qui jamais, que je sache,
n'avait fait son coup de tête, m'accroche brusque-
ment, ainsi qu'un homme trop longtemps attendu,
et m'enlève le drap et la peau d'un même trait.
Tantôt c'est une couture qui se lâche sous mon bras
dans l'extrême tension d'un geste pathétique ; ou

bien un valet, plat en mains, fait un faux pas contre
ma chaise au début d'un festin, et, sous un baptême

de sauce brûlante, je tressaille et ruisselle du col jusqu'aux genoux !

Ayant enfin l'horreur spéciale des trous et des taches, nul n'y est plus sujet que moi. Je suis de ceux qui entendent rire sur leurs épaules, et, me palpant précipitamment, mon doigt, qui erre de haut en bas, ne tarde pas à rencontrer un accroc, œuvre de quelque mauvais dossier où je m'abandonnais trop confiant ; de ceux encore qui, tout à coup, dans leurs marches rêveuses, se sentent arrêtés, sur les quais, par un dégraisseur breveté, à l'œil lucide, aux

poignets vigoureux, et dont je ne me délivre qu'infecté de benzine et signalé de tous côtés à la nausée publique.

Entre les trous et les taches le choix ne m'est pas même laissé; ils me font parts égales. Et, du reste, que redouter davantage? Les trous emportent la pièce, il est vrai; mais les taches, toujours renaissantes et sans cesse accroissantes, n'ont-elles pas une physionomie plus laide encore que le bâillement noir des trous? — Les trous sont des bouches ouvertes qui crient *misère;* les taches sont des prunelles agrandies qui expriment *désordre.*

Les trous! terribles symboles de la ruine et de l'anéantissement! C'est par un trou négligé que se révèle le dénûment d'un malheureux; tout devient trou pour l'homme dont l'habit ne se raccommode

plus : il y a le trou de la faim dans son ventre, le trou du froid dans sa vitre, le trou du désespoir dans son cœur! Ce premier petit trou que vous apercevez sur sa manche, eh bien! c'est un abîme!... Le pauvre navire fait eau par là; il sombre, il descend peu à peu dans l'amer océan des larmes humaines. Hélas! il ne s'arrêtera qu'au plus profond du gouffre, dans cet autre trou creusé en terre, où la mort retourne sa bêche sur tout ce qu'elle enfouit!

Et les taches! honteux emblèmes de l'abandon ou du déshonneur! Ce qu'elles signifient sur un manteau, n'est-ce point la négligence, l'incurie, le mépris de soi-même? Socrate voyait l'orgueil de Diogène à travers les trous de sa robe cynique; le découragement ou le dégoût transpercent bien plus évidemment dans toutes les taches extérieures. Mais que dire de celles qui souillent un nom, un front, une main? Celles-là subsistent implacables, rien plus ne les efface, et lady Macbeth tord vainement ses bras aux douze coups de minuit : sous les rayons de la lune comme à ceux du soleil, l'infernale tache ressort rouge sur ses doigts blancs.

Trous ou taches ne sont glorieux que dans les drapeaux retirés tout fumants des batailles ; — plus beaux, mille fois, dans la veste usée de l'artisan, haillon splendide qui témoigne du grand combat et de la grande victoire, de la lutte éternelle cóntre les choses et du triomphe éphémère sur la destinée.

Autrement, gardons-nous en pareille crainte des trous et des taches; les deux se tiennent, car il est des trous dont on ne peut sortir sans tache et des taches que l'on ne saurait enlever sans trou.

V

LE GÉNIE DES NŒUDS ET DES BOUTONS

Quant aux nœuds et aux boutons, on ne m'ôtera pas de l'idée qu'ils sont tourmentés d'un génie particulier : génie mystérieux et contrariant entre tous ! mystérieux, dans la manière dont il resserre les bouts au cœur de nœuds, ou se blottit lui-même sous la face ronde des boutons; contrariant, dans sa coutume de nouer à l'impossible ce qui devrait être séparé et de déboutonner à tout propos et hors de propos, ce qui ne devrait pas être désuni, — et réciproquement, selon l'occasion, se faisant un jeu

de retenir le bouton dans sa ganse ou de retirer l'attache de sa boucle pour peu qu'il sache nuire à quelqu'une de nos intentions.

Qu'on ne croie point d'ailleurs si infime le rôle de
ce malin génie : en remontant de nos boutons de
chemises ou de nos nœuds de cravates à tous les

nœuds et boutons de l'univers, nous nous apercevons
bientôt que la nature n'est qu'une boîte immense,
fermée à secret; et la création une énorme chaîne,
nouée comme un nœud gordien : pour ouvrir l'une,
pour dégager l'autre, il faudrait presser le *bouton,*

trancher le *nœud*; et qui l'empêche, sinon le génie en question, — sphinx accroupi sur la pensée même de Dieu?

Immobile dans sa consigne suprême, il se récrée du moins, à nos dépens, dans les mille imbroglios et les mille et une pantalonnades possibles et permises entre les nœuds et les boutons du carnaval humain.

Je l'ai vu sauter de joie en l'air avec les boutons de mes gants lorsque j'étais à la fois pressé de sortir et obligé à une parfaite tenue; je l'ai reconnu se tordant de gaieté dans les nœuds inextricables de ma chaîne de montre avec le cordonnet de mon lorgnon, quand j'avais hâte de savoir l'heure ou de regarder un passant. J'ai, tour à tour, brisé mes ongles pour le remettre en place, après souper, en reboutonnant ma ceinture, et agacé mes dents pour le déloger en dénouant la tienne, avant... ô mon Aglaé! — Et ce maudit lacet, sifflant comme une couleuvre autour de ton corsage, qui se renouait au tiré de chaque œillet, dis-moi, t'en souviens-tu? combien de fois l'ai-je impatiemment débrouillé! —

Qu'avaient-donc aussi les épingles, glaives d'un
esprit vengeur, pour me piquer jusqu'au sang, alors

qu'au matin je refermais sur ta nuque éclatante le
fichu de gaze dont le petit bouton nacré sortait de
se pendre à un fil en désespoir de cause !

En vain vous essayerez de nier, — vous, monsieur, qui me prenez à partie, — l'existence du génie dont je parle : vous qui avez peut-être recours à
lui d'habitude en aidant votre mémoire par un nœud

sciemment fait à
l'angle de votre
foulard; vous-même
qui, tout en disser-
tant contre moi,
me retenez instinc-
tivement par un
bouton de mon habit

et torturez dans vos doigts le génie que vous contes-
tez dans vos idées !

Que répondriez-vous enfin si je vous contais que,
l'autre soir, à l'issue du théâtre, descendant l'escalier, je fus tout à coup arrêté par ce génie en personne : que même j'entendis un *ah !* vivement ex-
clamé. — Le bouton de mon pardessus venait de
se nouer aux franges de la mantille d'une femme que
je n'avais point d'abord remarquée. — Il fallut de
part et d'autre se mettre à l'œuvre pour obtenir

séparation de corps et, à cette fin, un instant se
rapprocher davantage. — La dame leva son voile :
Aube de la beauté, tu montas ce soir-là par-dessus

l'horizon de mes rêves ! je restai comme ébloui... et
tandis que, de sa main mignonne, l'ange de lumière
travaillait à dégager notre commune entrave, je

n'avais d'attention que pour la contempler. Déjà
j'étais pris par le cœur lorsque mon bouton se trouva
libre; déjà je m'entortillais dans l'amour lorsque la
mantille retomba dénouée... Pour lors, après un
léger salut, la dame se perdit dans la foule, son
mari, un vilain, l'entraînant d'un air mécontent et
bourru.

Son mari! — Allons! c'est bien toi, génie des
nœuds et des boutons, toi qui te complais aux
farces de la vie, toi qui m'as jeté le trouble dans
l'âme en me suspendant, une seconde, à un bonheur
pour jamais disparu, — en enchaînant, pour toujours, cette adorable créature à un mari maussade!

VI

AVENTURES D'UNE CAFETIÈRE ET D'UN CHENET

Telle est, en effet, la malice des choses : les très-belles femmes ne sont concédées par surcroît qu'aux gens très-bêtes, très-laids ou très-riches. Avouons à leur honte qu'elles se prêtent elles-mêmes à pareil sort et, volontiers, se livrent aux plus grossiers prétendants. — Encore qu'elles recherchent la fortune pour ce qui est de leur parure, et comme pour enchâsser dignement dans l'or le diamant de leur beauté, cela se comprend ; mais qu'elles inclinent de préférence sur l'épaule d'un petit bossu ou se haussent, par choix, vers les lèvres d'un grand idiot, ceci me dépasse tout à fait.

L'explique qui pourra : il n'en est pas moins réel
que les beautés sublimes ne se rencontrent guère,
en ce monde, qu'au bras des monstres, des boucs ou
des buses, des faunes ou des satyres. — Eh ! ce
n'est pas d'aujourd'hui que Vénus épouse Vulcain,
que Galathée s'enfuit avec le valet de Pygmalion et
que Titania caresse amoureusement la tête d'âne de
Lanavette, la couronnant de roses et lui baisant à
plaisir ses longues oreilles velues.

Or, la même loi régit les choses entre elles ; je
n'en veux citer, comme exemple, que l'attrait singulier de ma cafetière, belle fille de métal anglais, aux

appas brillants et rebondis, à la taille élégamment prise, pour l'un de mes chenets, affreux chauve en cuivre rouge, vieux barbu tout éraillé, grisonnant de cendres et bourgeonné de scories. — Elle l'aime? — Après ce qui vient de se passer, je n'en saurais douter.

Dès longtemps j'avais cru m'apercevoir de l'inclination particulière de ma cafetière pour ce chenet. — Notez qu'à l'autre côté de mon foyer s'élève la tige artistiquement torsée d'un lampadaire gothique; mais non, c'est vers ce chenet trapu, à la face fruste et bassement ricanante, que la malheureuse se tourne et se laisse aller dans le trop plein de son cœur! — Déjà plus d'une fois j'avais observé ses

déplorables tendances avec une véritable sollicitude ; je l'avais attentivement écoutée bruire, geindre,
murmurer, susurrer et soupirer durant des heures,
essayant de saisir au passage quelques-uns de ses
secrets ; je l'avais vue peu à peu, bouillonnante
et bullulée, tressauter sur la braise à l'encontre
de son cher et indigne objet... jusqu'à l'heure
d'aujourd'hui où je la surpris, n'y tenant plus, et
dans l'accès d'une passion exaltée à près de cent
degrés Réaumur, qui, toute penchée, débordait à
grosses larmes sur la tête brûlante du chenet. —
Alors j'ai cru devoir sérieusement intervenir ; je
me suis décidé à placer en travers de la flamme mes
rigides pincettes, et je leur ai commis l'équilibre de
ma cafetière à nouveau remplie et calmée ; puis j'ai
consigné la pelle, duègne plate et jalouse, entre la
joue creuse du chenet et le flanc gonflé de son amante.
— Que pouvais-je de plus ? qu'aurait fait de mieux un
père pour sauvegarder la vertu de sa fille ? à moins de
retirer ma cafetière du feu et de la condamner à dormir debout, chaste et vide, sur la planche supérieure
d'une armoire de cuisine religieusement cloîtrée !

Désormais, rassuré moralement contre tout scandale domestique, je continuai les préparatifs vulgaires de ma toilette, attendant que l'eau fût assez chaude pour mon utilité. La cafetière, d'abord silencieuse, s'était remise à chanter bon train; le feu

flambait, le chenet semblait impassible à son poste, et tout se maintenait en bonne ardeur dans l'ordre établi; sauf que la pelle de plus en plus rougissait, pudibonde de son intervention forcée entre deux feux.

Mais voici qu'une bûche s'écroule, — rien n'est terrible comme une bûche embrasée! — La pincette chavire, la pelle bascule et la cafetière, profitant de cette déroute générale, se précipite, renversée, couvercle béant comme une bouche qui se pâme, à la barbe de Silène du vieux chenet!... Je n'eus que le temps d'accourir au milieu d'un tourbillon de vapeur et d'enlever la coupable à l'épanchement complet de son amour. Ayant du moins fait pour elle, en conscience, tout ce qu'il était possible

de faire, je versai dans ma cuvette le peu d'eau qu'elle renfermait encore, et, ma foi! je m'en lavai les mains!

VII

DISPARITIONS SOUDAINES

C'est encore un préjugé de croire qu'en ordonnant les choses elles se le tiennent pour dit, et qu'en les rangeant précieusement elles restent bonnement à leur place. Pas plus inertes qu'ineptes, elles savent toutes fort bien éluder nos volontés et échapper à nos prévoyances. La peine qu'on s'y donne n'avance guère. — Il est des soigneux qui, chez eux, sont sans cesse occupés à classer et à remettre en ordre, absolument comme des ménagères flamandes. En retirent-ils grand profit? font-ils

5

leurs frais? A l'occasion ne les voit-on pas s'inquié-
ter et s'enquérir tout comme d'autres, et plus que

d'autres, des divers objets
par eux-mêmes casés ici ou
là, et qui disparaissent jusque
sous leurs doigts? Convaincu,
pour mon compte, de la
parfaite inutilité d'une trop
active sollicitude à l'égard des
choses, j'ai fini par les laisser
tourner autour de moi, selon
leurs caprices ou leurs systèmes. Ainsi, dans mon
cabinet comme dans mon atelier, je n'ai garde d'en
disposer aucune, et, en cela même, j'ai quelques

chances de m'y retrouver, — pourvu toutefois que nul n'intervienne dans ce beau désordre, effet de l'art, chaos intelligent où mon œil seul sait plonger et se reconnaître.

Mais, roi trop débonnaire des choses, après tant de libertés accordées, je n'en suis pas moins desservi par mes plus proches sujets. Ce ne sont que défections et disparitions qui, en toute occurrence, troublent ma quiétude et empoisonnent mon gouvernement : c'est un crayon qui s'esquive lestement sur sa pointe à l'instant même où il se savait nécessaire à mes projets ; c'est une paire de ciseaux qui joue des jambes derrière mes livres, de crainte que je ne la cite à quelque coupure littéraire; c'est un papier qui s'envole durant ma méditation d'une pensée dont je lui avais déjà confié le premier mot; c'est une couleur urgente à ma palette et qui pour me faire perdre le ton et le temps se dérobe au troisième dessous de mon attirail de peinture; c'est un grattoir qui tombe et se pique, manche en l'air, sur le plancher, parce que j'ai besoin de lui pour faire disparaître une faute d'orthographe, c'est une fiole

d'essence qui d'un rayon élevé chute tête en bas,
et se roule et se répand entre la muraille et le tapis,
dès que j'approche avec intention de lui faire sauter le bouchon; c'est... tout ce que vous voudrez,
tout ce que vous savez, lorsque dérouté, vous aussi,
par des escapades sans nombre, vous vous écriez :
« Mais c'est insupportable ! je passe ma vie à chercher ! cela n'est fait que pour moi ! Ah ! voilà bien
mon guignon ! »

Ce guignon est le nôtre à tous les deux, cher
lecteur : il nous ruse également ; et bien à lui nous
devons nous en prendre de ces disparitions subites
et calculées pourtant... d'un objet qui s'égare tandis que nous sommes en quête d'un autre, son com-
plément; ou d'un ancien perdu, longtemps caché,
et qui nous revient, de surcharge, quand nous l'a-
vons déjà remplacé par un neuf, etc., etc.

Évidemment, il y a complot organisé contre nous
dans toutes ces manœuvres des petites choses à
notre usage coutumier; ces petites choses ont juré
de nous désespérer. — Quelque part, sans doute,
elles ont ensemble des conciliabules où elles se

rendent, à leurs heures, et lors même que nous les maintenons en ordre serré, — les unes contre les

autres, à l'oreille, elles se donnent le mot d'ordre d'une éternelle débandade.

Que faire? S'abstenir, c'est le mieux. Vouloir, au contraire, s'obstiner à la poursuite d'une chose, c'est la décider à s'enfuir plus loin et à s'enfouir plus profondément.

Moi, dans toutes ces passes et traverses, je dédaigne en croisant fièrement les bras; sûr moyen que, peu après, n'y

pensant même plus, tout me revienne naturellement.
Aussi mes principes sont-ils, en pareilles matières,
tout à fait opposés à ceux de l'Evangile : — Ne

cherchez pas et vous trouverez; ne frappez point
et l'on vous ouvrira; ne redemandez rien et tout
vous sera rendu. — Ne courez après aucune des
choses que vous désirez, bien plutôt couchez-

vous à côté de celles qui vous manquent ; faites.
le mort ou l'endormi et restez certain qu'elles fini-
ront par vous arriver comme la.fortune à l'homme
qui l'attend dans son lit.

VIII

MA SEPTIÈME POCHE

Il est cependant des cas extrêmes où je ne puis me dispenser de rechercher certains objets de nécessité quotidienne . ma bourse, mon portefeuille, mon couteau, mon mouchoir. Toutes ces choses, et bien d'autres que l'occasion fait entrer dans ma poche, il me les faut tout de suite, en telle ou telle circonstance ; — et c'est à croire qu'elles jonglent et s'escamotent à tour de rôle, tant il m'est alors difficile d'arriver à celle qui m'importe.

Je compte environ sept poches dans les différentes

parties de mon habillement. — En homme sage, je distribue mes petites affaires portatives en l'une ou en l'autre, selon les raisons vulgaires de la convenance et de la commodité. Tout est sur moi bien étagé : montre au gousset, mouchoir aux basques,

argent au côté et le reste à l'avenant. — Ainsi armé de pied en cap, je devrais vaincre sans peine le démon des choses : nullement. — Qu'il s'agisse, par exemple, de payer ma carte d'un repas ou de régler mon cocher de place, mettant aussitôt la main à la poche, jamais cette première poche n'a de monnaie. — Quant à ma montre, alors consultée, je n'en parle même pas : comme toutes les montres, dans les cas pressants, elle est presque toujours en arrêt ou en retard et ne va juste ou n'avance que pour marquer les heures redoutées. —

Et de quelque sorte que je m'y prenne, intervertissant exprès l'ordre de mon enquête, ce n'est qu'à la septième et dernière poche que j'atteins ma bourse et mon but.

Tout de même, si j'accepte à mes risques et périls une prise de tabac de complaisance, mon mouchoir n'est plus dans la poche où j'étais persuadé l'avoir mis : je reste un quart d'heure le nez penché, les yeux en larmes, me fouillant en tous sens, avant de saisir le précieux linge où je détone en le chiffonnant de colère.

Heureux ceux qui savent s'éviter pareil mécompte et se mouchent en toute simplicité, les doigts en pince et la manche large ! — Heureux encore ceux qui, dans la précédente extrémité, lorsqu'il est question de payer un dîner ou un fiacre commun,

s'empressent de sonder leurs poches et ne parvien-
nent cependant à rencontrer la bonne ou l'utile que
lorsqu'un partenaire plus naïvement prompt a déjà
jeté sa pièce pour deux !

En résumé, ma septième poche, c'est donc, selon
ma façon de procéder, l'une ou l'autre, et dans
celle-là que je visite en dernier, l'objet cherché se
tient immanquablement. — Qui me découvrira ce
mystère ? qui me dira la gageure de ces jeux à la
cachette organisés jusque dans ma propre doublure ?

Ah ! n'est-ce point ici comme un frappant sym-
bole de ce qui advient dans toutes les recherches : —

sur sept volumes que j'ouvre pour relire une page intéressante ; sur sept passants que j'interroge pour demander mon chemin ; sur sept sacs que je secoue pour découvrir, comme Joseph l'Égyptien, une coupe d'or cachée en l'un d'eux, ou, autrement dit, sur sept doctrines que j'examine pour atteindre la vérité, — n'est-ce pas au dernier effort que je tiens la belle page, que j'apprends mon droit chemin et que je crois saisir la vérité vraie ?...

Encore m'arrêté-je à la meilleure des suppositions : celle de la poche où l'on trouve ce que l'on cherchait.

— Mais combien souvent, parvenu à cette dernière
épreuve, la poche est-elle vide ou percée !... un
voleur a pris ce qu'elle contenait ou une ouverture
l'a laissé perdre. — Combien de fois le sort veut-il
que la page aimée du septième livre soit précisément la feuille déchirée ; que le septième passant,
interrogé par le voyageur égaré dans la montagne,
soit justement un crétin, et que le sac de doctrines
avidement sondé par l'âme ne renferme plus que du
son... l'illusion, coupe d'or, volée ou envolée, et le
doute, tout au fond, élargissant son gouffre perdu
ou éperdu !

IX

OU EST MA CLEF?

Encore une qui fait des siennes et s'absente régulièrement dès qu'elle se sent indispensable. — Je ne vous conterai point les jours où elle m'a laissé languir contre ma porte, non plus que les nuits où elle m'a contraint de coucher hors de chez moi. Il y aurait trop à dire sur l'emploi singulier de mon temps, faute de clef. Vagabonder, n'est-ce pas, au juste, n'avoir pas de clef à soi? Et maintes fois, pareillement dépourvu, m'ont surpris en flagrant délit de toutes sortes, et le rieur Phébus et la rêveuse Phébé.

— Pour une clef oubliée, Dieu sait à quels vestibules je suis allé sonner ! Pour une clef égarée, le diable sait, de son côté, ce qui a pu se passer derrière mon huis !

Mais je tiens à noter à la clef de ce chapitre une observation curieuse sur la malice des choses en général et sur celle des serrures en particulier. Fréquemment il m'arrive d'avoir à ouvrir soit une porte, soit un coffre, soit une armoire, et d'en demander la clef aux allants et venants ; et voilà que l'on s'agite, que l'on s'inquiète, que l'on regarde en tous les coins pour trouver cette maîtresse clef... En définitive où est-elle ? — Eh ! dans la chambre close, dans le bahut fermé, dans le tiroir enserré ! — Ouvrez donc, si vous pouvez, avec la clef qui est dedans !

Oh ! destin terrible ! oh ! problème universel ! — Travaillez, paresseux ! — Et de l'ouvrage ? répondent-ils ; comment s'occuper sans une tâche ? — *La clef est dedans.* — Priez, malheureux ! — Et du cœur ? comment se relever lorsque tout nous écrase ?

— *La clef est dedans.* — Aimez, égoïstes ! — Et de l'amour ? comment s'enrouler à d'autres lorsqu'on

vit replié sur soi-même ? — *La clef est dedans.* —
A l'impossible nul n'est tenu, et quoi de plus impossible que d'aimer, prier, travailler, si l'on ne possède d'abord, en l'arrachant du sein de la difficulté
même, la clef du travail qui est la fraternité, la clef
de la prière qui est l'espoir, la clef de l'amour qui est
le dévouement?

Gare à moi! Vous allez me reprocher de battre
la campagne et de prendre, en effet, la clef des
champs, par ce motif que j'ai perdu celle de mon sujet.
Aussi, je me sauve, crainte que vous, lecteur, qui
avez, sans doute, en main, celle du logis, vous ne la
portiez à quelque extrémité trop au bord de vos
lèvres.

X

DANS LA RUE

Mais je ne crois point sortir de mon domaine en allant par les rues m'exposer aux mouvements universels des êtres ou des choses. Les génies hostiles, qui sont les machinistes du monde, font tout marcher ensemble, et les pantins et les décors; ils promènent en leur théâtre nos chétifs personnages, et pour les renouvellements de scènes, comme pour les changements à vue, ce sont eux qui tirent les ficelles ou les cordes par d'invisibles bouts.

Ce sont eux-mêmes qui, dans mes courses ou mes

flâneries, m'enclavent et m'enclouent à chaque pas.

Que j'aie à traverser un boulevard, aussitôt car-
rosses, tombereaux, sapins et tilburys de fondre des
deux horizons et d'affluer par torrents à l'endroit
même où j'espérais le gué. — Le plus souvent, la
voiture qui m'effraye, m'éclabousse ou me barre au
tournant d'une rue se trouve vide. —Vide? non ! Derrière la vitre n'ai-je pas aperçu le nez d'une ombre et

l'ombre d'un rire sous ce nez? — Et ces longues char-
rettes qui se relient quatre ou cinq en interminable

file sans que la police urbaine y trouve à reprendre,
puis-je leur devoir une heure d'arrêt et ne pas inter-
roger, du haut de mon impatience, le flegme du con-
ducteur ou la lenteur des roues?... Dans cet essieu
criard ou dans ce bonnet de laine à la mèche insou-

cian¹e réside peut-être le véritable directeur du
convoi!

Mais à l'infini se reproduisent, par l'opération des
mêmes esprits, les difficultés dont je pâtis au dehors :
à qui attribuer l'encombrement extraordinaire d'une
place lorsqu'une parade de soldats m'oblige pour
passer outre à d'extravagants contours, — ou la
précipitation d'un chien, ou l'élancement d'un enfant
tout au travers de mes jambes ? — Moi qui ai

l'antipathie du tambour, et je le dis non sans rougir comme Français, je suis voué aux spectacles guerriers et aux rencontres militaires ! moi qui déteste

les chiens de dame et ne puis souffrir les enfants d'autrui, je suis constamment pris dans l'attache l'un caniche ou dans le cerceau d'un moutard !

Bref, le fameux chapitre des *Embarras de Paris* serait sans cesse à refaire avec ses variantes de chaque jour. — Après Boileau-Despréaux, le grand classique, qui l'oserait ? — Eh ! parbleu ! le grand

fantaisiste, Amédée Pommier. — Après celui-ci,
nous pouvons bien tirer l'échelle... car de main
de maître il nous dépeint les égouts et les dégoûts
de la rue populeuse et de la cité fangeuse ; et c'est
en son poëme de *Paris* qu'il faut lire les malheurs du

piéton qui s'égare
Tout en allant cahin-caha,
Au milieu de cette bagarre,
De ce sinistre brouhaha !

Là, — dans ces vers grouillant de vie et de verve,
— chevaux et chars caracolent ou s'enchevêtrent,
vous constellant d'éclaboussures ; là, barbote et s'en-
trè-choque en tous sens la gent humaine, « au mar-
gouillis du macadam ; » là, suspendu à la corde
« comme l'araignée au bout d'un fil, » le badigeon-
neur, en glissant, chine ou échine votre chapeau, monsieur : tandis que, raclant et reniflant d'en bas son
gosier, le fumeur, qui « salive comme un goujat, fait
un trottoir tigré » sous vos volants traînants, madame ;
là, enfin, le soir venu, les Samsons de la boutique et

les Hercules du chantier, — à l'œil ou au nez, — vous rembarrent de leurs volets ou de leurs pics

« qui se présentent en raccourci », mais on vous a crié *gare...*

Quand vous aviez reçu le coup.

A la rue, d'ailleurs, il me suffirait de l'aspect de tous ces visages contemporains, qui n'expriment qu'une passion, celle de l'argent ; de tous ces bipèdes qui ne courent en sens opposés qu'à un seul but, au lucre, pour me donner comme le mal de mer des foules, et m'indisposer à la fois contre les hommes et les choses.

Sommes-nous assez laids, aujourd'hui ! — Pauvres dégénérés de Rome, bâtards du moyen âge, passants ahuris d'un siècle sans chemin, êtres sans caractère et sans physionomie ; faces usées et souillées de monnaies jetées à la refonte, chiffons d'imprimerie où tous les textes imaginables s'entre-croisent et se confondent ; malheureux, qui avons accompli la tâche de nous gâter mutuellement la vie présente, et n'avons plus d'entrain vers celle du paradis ! infortunés, assis par terre, à l'ombre de l'ennui, entre des joies flétries et des croyances mortes !

Ah ! que les païens antiques nous prendraient en souveraine pitié si tout à coup, au milieu de nos pâles cités, ils se relevaient de leurs cendres encore chaudes et frémissantes de tous les feux sacrés de la Grèce ! — Mélancolie navrante que celle qui enveloppe notre heure crépusculaire ! Vilains débris

que nous sommes ! décombres entassés que nous
faisons !

J'allais hier dans ces pensées le long des bou-
tiques et des pharmacies, au pied de nos temples
déserts, au bas de nos comptoirs abrutis, et d'autant plus m'irritais, dans ma marche, de toutes les
petites taquineries de chaque instant : du brusque
heurt de cet animal, de l'indiscret regard de cette
créature, du balayage de ce seuil, de l'arrosage de
cette voie, du tumulte de ce carrefour, de la puan-
teur de cette rôtisserie, et que sais-je ! — lorsque,
par une exception plus rare à Paris, toute propor-
tion gardée, que dans le dernier de nos villages de
province, vint à passer, glorieusement drapée dans
son châle, une belle grande fille de vingt ans ; —
elle filait et s'esquivait ainsi qu'une divinité de
l'Olympe se hâtant de franchir nos houx épineux
pour rejoindre ses sœurs, là-haut, parmi les fleurs
sidérales. Ressuscité du fond de l'âme, — comme
je me détournais pour m'empreindre de la divine sil-
houette de son profil fuyant, astrologue que j'étais, —
— mon talon glissa sur le pavé... Dérision ! — une

simple feuille de salade faillit m'assommer, — et
durant que je me débattais, gesticulant pour reprendre équilibre, un portefaix, chargé d'une glace

immense, où dansait le soleil, s'interposa devant
moi : la belle fille s'était éclipsée, et, me relevant,
tout boueux, je ne vis plus au miroir que la grimace
refléchie de mon dépit.

XI

CANNES ET PARAPLUIES

 A les voir, innocemment pendus
aux patères de l'antichambre, per-
sonne ne les supposerait capables
de tant de tours et de détours. Que
signifient pourtant ces airs hypocritement tranquilles de ma canne
et de mon parapluie visant l'alter-
native d'une sortie avec moi? On dirait deux servi-
teurs muets et dociles; ce ne sont que deux traîtres.
—Va-t-il pleuvoir, ma canne le devine avec son ins-

tinct natif de branche de bois ou de roseau des étangs;
elle s'offre d'elle-même à mon incertitude, et, une fois
dehors, loin de mon toit, sous l'averse qui éclate et
m'inonde, je sens ma misérable canne qui, toute
ruisselante, s'ébaudit de l'aventure. — Le soleil,
d'abord masqué de nuages, doit-il bientôt resplen-
dir seul dans l'azur, mon parapluie le pressent par
tous les fils de soie qui s'étirent de bien-être alen-
tour des baleines, et il m'incombe avant que j'aie
songé à consulter le ciel ou le baromètre : nous

partons et, jusqu'au
soir, je me trouve
condamné à porter
l'*infâme* comme une
croix sous mon bras.

Et puis, que de mi-
sères durant la route !
— Vous savez ces
fentes alignées aux
dalles des trottoirs?
ma canne n'en saute

pas une; elle s'y campe adroitement, mieux que

je ne le. saurais faire en y visant, et me plante là
moi-même dans mes efforts pour la retirer. —
J'ouvre mon parapluie, par un hasard d'utilité ,
à l'instant, au lieu même, vingt autres parapluies s'enchevêtrent et se haussent les uns sur les
autres, chaque porteur jurant à sa façon, chaque

parapluie se démenant selon sa mesure. Ou bien
ma canne, traînant sa pointe, se fait à dessein marcher dessus derrière moi et s'étale dans le ruisseau : alors le temps s'éclaircit, et je ne sais plus
par quel bout prendre, devant le monde et le soleil,
ce bâton boueux. — Ou bien mon parapluie se laisse

prestement retourner par un coup de vent à l'encoignure d'un pont : alors la pluie redouble, comme qui la jette, et je suis trempé jusqu'aux os durant mon débat compliqué avec l'affreuse mécanique.

Encore vous fais-je grâce de toutes plaintes à l'égard des cannes et parapluies de mon prochain;

ni je ne raconte les crocs-en-jambes dus au jonc de ce maladroit gandin, ni les égratignures au visage ou les gouttes froides découlant dans l'oreille, provenant du riflard envahisseur de cette vieille chouette à couvert, semble-t-il, sous le rabattement de sa grande aile griffue.

A d'autres, enfin, de traiter, en plus complète expérience, de l'abri du parapluie prêté ou emprunté à telle dame galante, ou des coups de canne reçus par tel monsieur moins commode.

Oublierai-je, cependant, mes oublis si nombreux?
— Que de cannes j'ai égarées par le monde! que
de parapluies j'ai abandonnés dans les vestiaires
ou dans les citadines! — Était-ce ma faute? Assurément non. Les parapluies le voulaient ainsi et les
cannes l'avaient résolu; leurs intentions formelles
étaient de m'induire en de nouvelles dépenses et de
me donner, à chaque perte, la secousse morale de la
chose perdue.

Et, toutefois, les cannes et les parapluies méri-
tent de sérieuses considérations; ils représentent
la vie sous ses deux jours principaux : celui de l'o-
rage et celui de la sérénité; — la pluie et le beau
temps.

La canne, en
grossissant, passe
de la jeunesse ba-
dine à la vieillesse
courbée; le para-
pluie, en s'amoin-
drissant, va de la
grossière paysanne qui le déploie, vaste et rouge,

sur la tête de sa famille entière, à l'épaule de
l'élégante jeune fille, qui tient l'ombrelle verte à
reflets rosés comme une feuille arrondie par-dessus
la fleur de ses joues.

Mais la muse m'exalte : chantons ! — Le parapluie se dresse vers le ciel, la canne se tourne vers
la terre. Je vois deux mondes en ces deux objets !

L'un se renverse, je reconnais le parachute ; l'autre
s'incline, et je nomme le levier. — A toi, para-

pluie, de t'épanouir dans la nue ! A toi, canne, de t'utiliser sur le sol. Préserve-nous, parapluie, de ce qui tombe de là-haut ! aide-nous, canne, dans ce qui fléchit ici-bas ! Restez la foi et demeurez la force à vous deux. Pour notre double salut unissez-vous au lieu de vous combattre, instruments de protection divine et de puissance humaine ; tragédie ou comédie, que tout cesse entre vous ; réalisez spirituellement ce qui s'exécute industriellement : en un même outil soyez canne et soyez parapluie... et prenez-vous, enfin, à même *poignée*, canne de Voltaire et parapluie de mon vieux curé !

XII

LE CHAPEAU DE VILLE ET LE CHAPEAU DES CHAMPS

Et moi aussi j'ai donné tête baissée dans le chapeau de mon pays et de mon temps. On ne saurait
non plus échapper aux modes qu'aux préjugés de
l'époque et de la société au milieu desquelles on
vit. Mais quelle preuve plus grande, plus haute,
surtout, de la vulgarité des hommes que notre hi-
deux chapeau de ville en tous lieux et sur tous les
peuples triomphant? — Ce cylindre absurde et laid,
de par l'autorité même de la laideur et de l'absur-
dité, a humilié sous lui tous les fronts; il a jeté bas

le turban et le sombrero, la toque et le tricorne, la
perruque de Louis XIV et la chevelure scalpée du

sauvage ; aujourd'hui même, la queue du Chinois
se coupe pour lui faire place, et la calvitie du men-
diant se couvre, chez nous, fièrement de ses plus
honteux rebuts.

Oui, il n'y a bien qu'une monstruosité susceptible
d'un pareil succès, et ce n'est toujours que d'une
sottise, sous une forme ou sous l'autre, dont se peut
coiffer l'immense majorité du mortel troupeau.

Je le répète : et moi aussi, je me suis soumis, sans avoir opposé ma voix au scrutin public de ce tyrannique chapeau : ce Gessler-là ne vaut pas même le haussement d'épaules d'un Guillaume Tell.

A la campagne, du moins, je me réserve la pleine liberté d'élire ce qui me plaît sur ma tête. — Là-bas, « dans mes terres », comme dit le sieur Antonin Chalandon, je chasse à loisir les contraintes et les coutumes, et les corvées du monde et l'étiquette des cours. Je porte alors un chapeau selon mon goût et ma commodité : un feutre souple, léger, coquet, à larges bords, quelque chose enfin qui s'harmonise avec le visage et protége le crâne sans l'étouffer. Aussi voyez la différence des deux esprits qui animent mes deux chapeaux.

Tout dernièrement, à la brillante soirée de l'hôtel ***, j'avais, de rigueur, mon chapeau de ville à la main. Comme il était neuf, déjà maint invité l'avait renfoncé du coude en circulant par les salons, et un verre de sirop venait de lui faire passer la ligne de ses tempêtes tropicales. Lassé de le rouler et de le défendre, je profitai d'une place vide pour

le déposer sur la banquette, tandis que moi-même,
debout et courbé en arc-boutant, je causais avec
une énorme dame, pilier de ma connaissance. Bientôt je poursuivis ailleurs mes révérences sans plus

songer à mon chapeau ; puis j'y revins ; l'assistance,
plus nombreuse, s'était resserrée, et mon drôle

avait trouvé son compte à s'aplatir sous le poids re-
muant de ma lourde interlocutrice. — Ah! madame!
— Pardon, monsieur; je croyais être assise sur le
gibus d'*Ernest*.

Aux champs, quelle autre
destinée! Un retour de bise me dé-
coiffa subitement en une promenade du
dernier automne, et mon autre chapeau
de s'emporter en ricochant sur une aile,

parmi les feuilles mortes, dans la poussière du sentier : je courus après, essoufflé, maudissant la surprise ; — à peu de distance devant moi une rivière
coulait au soleil, scintillante entre les saules, — et je
doutais fort d'arriver à temps pour sauver l'étourdi
d'un péril imminent. — Mais un frais rire d'enfant
part de derrière le talus : deux petites mains agitent
en l'air mon chapeau prisonnier ; apparaît à leur suite
une tête blonde gaiement échevelée, montrant des
perles entre ses lèvres de pourpre et reflétant le bleu
des horizons lointains dans ses yeux.... Ayant enfin
gravi le versant sablonneux de la berge, surgit tout
entière devant moi la ravissante figure, pieds déchaux,
col défait... Je dis à la pêcheuse : Merci ! et je crus
perdre la tête en retrouvant mon chapeau.

XIII

MONSIEUR X...

Vous ne connaissez pas M. X...? — Vous l'avez cependant bien souvent rencontré. Suivant la grande loi de malice, il s'est représenté à vous comme l'obstacle habituel de vos désirs, comme l'occasion renouvelée de vos mécomptes; il a été le trouble-fête de vos joies, l'entre-deux de vos efforts, — le quelqu'un toujours placé à mi-chemin de quelque chose...

Pour la première fois, vous avez dû le recevoir en pleine poitrine, un jour qu'ayant entrevu un de vos débiteurs dans la foule, vous vous précipitiez à son devant, lui, M. X..., disparaissant aussitôt, sans même vous rendre excuse, et vous, restant dérouté par le choc, à tout jamais dépisté du voleur. Une autre fois l'on vous a, morbleu! marché brutalement sur le pied : c'était encore du fait et du poids de M. X... Face à face, nez à nez, *il* s'est représenté une heure après, — au tournant et au courant de la rue, ou dans l'élan et le coup d'une fausse ressem-

blance, — et tous deux vous avez oscillé comme des pendules électriques, vous cédant et vous reprenant le terrain de droite et de gauche, jusqu'à ce que lui encore, M. X..., vous eût appliqué le baiser de Judas en vous brûlant la joue de son cigare.

Ce même inconnu plane sur vous en tous lieux et en tous temps : où ne le retrouvez-vous point pour votre plus fort désagrément et votre plus grand désavantage? — Pressé dans vos courses, vous guettez un véhicule : de loin vous faites signe, l'attelage s'arrête; vous y allez d'un pas sûr : M. X... saute, à votre barbe, dans le fond du coupé et : Fouette, cocher! — Vous entrez au restaurant; carte en main, un plat, surtout, vous affriande : — Gar

çon, une brandade! — Épuisé, monsieur, je viens de servir la dernière à monsieur, — à M. X... qui, tout à côté, dévore sa portion finale en vous narguant de ses gros yeux déjà rougis de digestion. — Au cercle, vous avisez un journal, n'importe lequel, ils se valent tous aujourd'hui, M. X... étend son bras fatidique, devançant votre atteinte, et il garde la feuille en lecture ou en méditation tout aussi long- temps que vous gardez patience. Vous partez, il la rejette, il a fini. — Vous voilà, dès l'ouverture, au

guichet d'un théâtre : — Bien fâché, il n'y a pas une seconde que votre place favorite est donnée à un monsieur qui... Tenez! vous le pouvez voir encore monter lentement le péristyle; et c'est lui, c'est lui-même, le sire X...., qui, au lever de rideau, soudain s'amoncèle devant vous, buste formidable débordant de son fauteuil, crâne de taureau se hérissant jusqu'au lustre!

Mais, puis-je absolument tout raconter? N'y a-t-il pas, aux boulevards de ce chapitre, certaines colonnes qui sont pour moi comme les colonnes d'Hercule? — Eh bien! M. X... les tourne de nécessité avant vous ou moi!

Vous voyagez, M. X... monte en croupe et galope avec vous; il a le coin dans la diligence; en wagon il allonge, entre vos genoux, des jambes sans suite ni terme; il prend les postes de vos relais, encombre de ses bagages odorifiques tout votre comparti-

ment; il se couche aux meilleurs lits de vos au-
berges et se réveille le premier pour grimper sur le

pic sublime d'où vous
espériez contempler,
seul, le lever du so-
leil; — il est l'Anglais
de votre existence et
s'y étale à l'aise
comme s'il était dans
la sienne!

A la fois gêneur,
fâcheux, importun,
c'est toujours lui qui
entre et rompt brus-
quement le tête-à-tête
de vos plus intimes
causeries; lui qui par-

tout, se posant au travers du chemin, contrarie ou
renverse vos projets les mieux lancés; lui-même qui
vous barre le cœur et vous scie le dos à chaque pas
comme à chaque station de la vie!

Et tout état lui est bon, pourvu qu'il vous nuise

ou vous importune : il s'établit casseur de pierres sous la fenêtre de votre cabinet d'étude ; il s'improvise cureur d'égouts devant votre entrée, une après-midi de grande réception ; par une nuit de lassitude et d'insomnie, il embouche du cor à l'honneur de la lune et de vos deux oreilles ; un beau matin, à la campagne, douloureuse surprise ! vous le voyez qui dresse des échafaudages et s'apprête à bâtir : il est devenu votre voisin, et l'architecture de son nouveau pavillon est calculée de manière à masquer hermétiquement votre échappée sur le vallon.

Bref, c'est M. X... qui bat les cartes à tous les jeux où vous perdez votre temps et votre argent ; c'est lui qui vous souffle votre maîtresse, paille légère ou bulle aérienne dans tous les hasards où le cœur d'une femme se laisse gagner ; c'est lui qui, jusque dans le fourré des forêts, ajuste le lièvre qu'a levé votre chien, lièvre ainsi couru par deux chasseurs à la fois, et l'abat du même coup que vous.

Enfin vous songez au sérieux de la vie : une place honorable s'offre à votre ambition ; trois mois entiers

8

vous la sollicitez de salons en antichambres et de
bureaux en cabinets; le ministre vous l'a comme
promise : elle se donne... ou se vend. — Le nom
de M. X... éclate au *Moniteur*!

En fin des fins vous passez au mariage. Une charmante et riche héritière fixe d'un clin d'œil vos cal-
culs et vos amours; mais bientôt les grands parents
vous prient de comprendre que vos intentions sont

malheureusement trop tardives, et, le lendemain, les
cloches célèbrent dans la tour les noces de M. X...
avec votre idéal.

Qu'est-ce donc, en vérité, que ce M. X...? Vous me le demandez! — Ah! ah! M. X..., c'est quelque fois vous pour moi, c'est quelquefois aussi moi pour vous.

XIV

LES LAIDES

Dans ce chapitre, comme celui qui va suivre, je sais que je m'attaque à forte partie : les laides et les sots m'en voudront également. Tant pis! c'est assez d'un esprit qui m'approuve et d'un regard qui me charme; assez pour vivre d'un baiser qu'on vous offre et d'une main qu'on vous tend!

Mais peut-on se refaire le cœur ou la tête? — N'ai-je pas, quoi qu'il retourne, ma pente intérieure — vers la beauté d'abord! — Si le contour et la couleur, la forme et l'éclat, la ligne et le rayon me

sont tout, en effet, dans la réalité de cette vie comme
dans le rêve de l'autre ; s'ils sont le sentiment même
de mon âme, l'évidence même de mon Dieu, y puis-
je objecter ? — Dépend-il de moi d'éprouver pour le
reste plus que du dédain ou du dégoût ?

Et qu'on ne crie pas au matérialisme ou à l'ex-
clusivisme. Rien de spirituel comme ce revêtement
de beauté qui enveloppe et comprime la matière. —
Plus un corps est beau, moins il est corps, et il n'est
d'absolument matériel que l'informe laideur. — Rien
encore de fécond, de fort ou de lumineux pour l'é-
closion de l'amour, pour la persuasion de la vérité
et pour l'éclaircissement de la justice même, que la
beauté. — Tout procède d'elle : elle descend direc-
tement du ciel, comme le rayon solaire, et, comme
la ligne de nos horizons, elle dessine en chaque nou-
véau chef-d'œuvre les perspectives sans fond de
l'infini.

Mes principes solennellement posés et exposés,
on va me comprendre, pour peu que j'exprime la
souffrance aiguë que me font éprouver certaines
laideurs, — les coups de ligne ou de rayon dont me

cinglent à travers l'imagination certains profils en
zigzag. — Vous, musiciens, vous frappez du pied à
l'audition d'une fausse me-
sure ; vous, géomètres,
vous piquez du compas à
la vérification d'un faux
trait; vous, gourmet, vous
claquez de la langue à la
dégustation d'une fausse
saveur : tout de même je
rabats mes paupières au
saisissement de telle ou telle fausse figure. —
Dites-moi, à présent, par quel sortilége ces figures-
là me reviennent sans cesse en montre, comme si
mon passage les attirait?

A ne regarder que les femmes, dans ce sexe dont
les deux attributs essentiels sont la beauté et la
bonté, que de créatures neutres, ni bonnes ni belles,
ne rappelant ni l'ange ni l'enfant, n'exprimant ni
douleur ni tendresse, ni résignation ni passion ! que
de faces mornes à tout le moins persillées de trous
utiles ! que de bouches, que de narines, que d'orbites

à faire peur au plus brave ! — et, entre toutes,
ces espèces-là sont mouvantes, effrontées, virant
de droite et de gauche, outrecuidantes à se porter
en avant, et indécentes à s'exhiber sous mes yeux !
— Ainsi, puis-je rester sûr que partout où des
femmes se trouveront assemblées en ma présence,
celle qui la première se lèvera, pérorera, s'élancera,
celle qui à la fois paraîtra la plus offusquée des
paroles d'autrui et se déclarera la moins réservée
dans les siennes, sûr, dis-je, que celle-là sera toujours la plus laide?

Par Vénus! que signifie semblable audace? Quoi!
la beauté se cache ou s'enfuit, voilée et furtive, et
la laideur décolletée circule et s'étale, d'autant plus
prodigue d'elle-même qu'elle se sent plus franche-
ment repoussante !

Deux femmes vont ensemble, l'une superbe, l'autre
inqualifiable ; j'essaye de suivre l'une et d'éviter
l'autre ; l'une baisse son front, l'autre relève son
mufle ; l'une presse le pas devant moi, l'autre ralen-
tit le sien contre moi ; je m'incline pour admirer
l'une, l'autre se penche et me la dérobe; enfin d'un

bond je vais à la jolie et l'accoste... la laide seule
m'écoute et d'une voix de caverne : Passez votre
chemin !

Ah ! de grâce, que ma belle lectrice me pardonne
si je la suis à la rue et l'aborde en ce livre : mais
est-il donc au monde, sur le sol ou sur l'onde, sillon
plus attirant, sillage plus entraînant que ceux formés
par le piétinement de

> Ces petits pieds pleins de mystère
> Qui semblent marcher sur la terre,
> Et qui vous marchent sur le cœur !

Et qui de vous, qui de vous, — messieurs les

vieux béaux, — ne soupire tout bas, à présent, les
charmants vers de notre poëte de PARIS :

> Je ne voudrais autre carrière,
> Si j'avais encore mes vingt ans,
> Que d'accompagner par derrière
> Les promeneuses de mon temps.

Quant à vous autres, — mesdames les vieilles
vilaines, à me voir et à me lire, tout à votre aise, —
trémoussez-vous de scandale :

Votre plus grand courroux m'amuse énormé-
ment !

Cependant, avec vous, j'entre à l'église me re-
cueillir par esprit de pénitence ; à peine en chaise
je hasarde autour de moi un triste regard : collection
complète de dévotes sorcières, cercle shakespearéen
de matrones roupillantes ! — Mais, là-bas, sous
l'ogive encore brumeuse d'encens, encore vibrante
de tous les frissons de l'orgue qui se tait, qu'entre-
vois-je?... Peu à peu émerge de l'ombre sainte un
galbe, un reflet de la suprême beauté ; l'antique édi-
fice s'éclaire et sourit à mesure qu'approche cette

vision, et chaque pilier ému semble vaciller sur lui-
même au seul effleurement de sa robe de soie. Ne
bougeons pas : elle vient !... — Las ! j'avais compté

sans la petite porte latérale... la lampe de beauté
n'est plus, et je me vois replongé dans la nuit gothique, entre deux rangées de vieilles mèches fumantes !

Aux commis de vanter leurs bonnes fortunes :
aux artistes de plaisanter leur mauvais sort !

Impossible donc d'imaginer un omnibus plus luna-
tique que celui où je m'enfonce : ce ne sont que

gorgones ou gargouilles, tarasques ou tarentules,
larves ou lémures, — et si, par mégarde, à mon
entrée dans cette ménagerie, se trouve une blanche
colombe, elle profite de ce que l'arche est encore
arrêtée pour prendre son vol au dehors.

Dans le bal où l'on m'invite, j'apprends que la

plus belle n'a pu venir, se trouvant subitement indis-
posée ; — et dans la visite que je m'empresse de
faire dès le lende-
main à cette pré-
cieuse déité, je me
cogne , durant
qu'elle essaye d'une
promenade en voi-
ture, à madame sa
sœur, péché capital
qui m'inflige pour
pénitence immé-
diate de l'accompa-
gner à - pied d'un
bras ferme de la Ma-
deleine à la Bastille.

De partout les laides m'arrivent à pleines voiles:
les belles m'évitent comme un écueil : qu'une désin-
volture piquante réveille, à distance, ma curiosité,
elle s'échappe par la tangente au point même de la
conjonction de mon circuit vers elle ; qu'une tournure
provoquante précipite mon pas, si elle ne saute à

l'autre trottoir ou ne disparaît dans une allée, lorsque je suis près de la rejoindre, elle se retourne en

plein sur moi et le
hoquet me prend à
son atroce aspect !

Mais entre toutes
les femmes effrayan-
tes que je suis exposé
à rencontrer sans les
connaître, si j'en dis-
tingue une comme
l'hyperbole du genre,
celle – ci se croise

journellement avec moi ; elle me suit et me poursuit ; elle s'assoit sur mon banc ; elle s'adresse
à moi de préférence pour savoir l'heure qu'il est ou
le nom de la rue où nous sommes ; elle monte mon
escalier ; elle loue sur mon palier ; elle couche tout
contre le mur où est appuyé mon lit, et, la nuit, ô
cauchemar ! je l'entends alternativement ronfler et
murmurer mon nom !

Pendant ce, les très-belles que le destin tient au

large naviguent fièrement hors de mon vent et de ma portée : elles sillonnent dans les lueurs dorées l'espace lointain ; filantes à toutes voiles, c'est à peine si j'entrevois, au déclin de l'horizon, la bordure blanche de leurs jupes bouillonnées, et ce n'est

jamais que l'écume du flot où elles plongent, qui s'en vient, de vague en vague, expirer sur la grève

désolée de mon cœur ! — Oh ! qu'elle est belle celle-
là surtout que je ne posséderai jamais !

Ainsi du monde et des choses : un œil bandé par
l'Amour, trichant de l'autre, vous courez après
Diane..., et à l'instant où vous croyez l'atteindre et
l'étreindre, *Margoton* vous saute au cou ! — Casse-
cou !

XV

LES SOTS

Parlons-en peu, mais parlons-en bien. — Après Salomon, dont la sagesse a prononcé que *le nombre des sots était infini* ; après Chamfort, dont l'esprit a demandé *de combien de sots se compose un public*, ce n'est pas sans une sorte de défiance de soi-même que l'on peut être admis à se plaindre des sots... Mais comme un sot trouve toujours un plus sot qui l'encombre, reste permis à chacun de regarder au bas de l'échelle et de compter quelques-uns de ceux

avec lesquels il a eu ou aura encore à débattre...
toujours de par la malice des choses.

Enfant (et remarquez qu'en ces considérations je
vous cède ma place à l'échelon supérieur), n'avez-
vous pas commencé par subir la pression ou la com-
pression funeste d'un sot ? — N'y avait-il pas, dès

votre début dans la
vie, un *ami de la fa-
mille* ou un *parent in-
fluent* dont les ab-
surdes conseils à votre
endroit étaient reli-
gieusement écoutés et
scrupuleusement suivis? — Au collége, ne s'est-il pas
rencontré un ou deux pédants dont l'imbécillité docto-
rale effaçait et biffait dans votre âme, épreuve ainsi
mutilée avant la lettre, les plus charmantes impres-
sions et les traits les plus promettants d'avenir? —
Et parmi vos condisciples eux-mêmes, ceux qui
l'emportaient sur vous comme durs en poings et forts
en thèmes n'étaient-ils pas prophétiquement des
sots?

Plus tard, entrant dans le monde, à qui avez-vous
eu affaire tout d'abord pour vous présenter et vous

caser ? — A des protecteurs à jabot, à des chefs de
file en lunettes, à des cuistres empanachés de leur
personnelle importance, et laissant tomber sur vous,
jeune homme inexpérimenté, les paroles creuses de
leur longue expérience et de leur profonde nullité !
— Des sots !

Qu'avez-vous encore trouvé en parcourant nos
salons, en voyageant sur nos chemins de fer, en
visitant nos faiseurs de renommées ?

— Ce beau discoureur qui dans le chœur des dames s'empare de la conversation et ne tarit pas, discu-  tant et jugeant de tout en der- nier ressort, tan- dis qu'il écrase dans le silence du coin un pen- seur intimidé, — et qui lui pour- rait donner la réplique, si ce n'est lui-même? — Un sot!

— Ce noble personnage dont le regard seul fait froid, glacé qu'il est des gants jusqu'au cœur, chauve diplomate, voyageur de première classe s'en

allant chercher un peu d'air et de repos dans sa villégiature et vous toisant du haut de son ventre, maigrelet! comme s'il était la toute-puissance et vous le néant? — Un sot.

— Ce critique fameux à tant la ligne, garçon jardinier de la presse, dont la mâchoire édentée ratisse depuis vingt ans les allées banales de la littérature, flairant tout, ne sentant rien, routinier inflexible qui ne sait absolument que ramasser les pierres en les rejetant de côté et d'autre par-dessus les jeunes pousses et les tendres semences, — se

prosternant un jour devant une tige d'asperge et se ruant le lendemain sur le bourgeon d'un chêne? — Un sot !

Avec ceux-là et d'autres, — des meilleurs, — vous vivez en obligatoire commerce. Les sots ne se choisissent pas, ils s'imposent, et tout homme d'esprit est leur victime prédestinée ; il en est au moins un attaché d'office à sa personne, comme poids compensateur, et il faut qu'il s'applique à compter chaque jour et en chaque circonstance dans ses rapports avec lui ; car le sot ne cède ni ne se plie à rien ; il est essentiellement d'aplomb et d'une seule pièce. C'est un corps grave, de sa nature impassible, qui tourne et tombe selon la loi de sa propre pesanteur. Aussi ne gagne-t-on jamais à vouloir lutter contre : là où l'esprit n'a point de prise, il a toujours tort même de se montrer. Le sot est d'ailleurs et d'ordinaire trop *positif* pour admettre et apprécier ce qui dépasse sa sérénissime sottise, et précisément son plus grand plaisir est d'écraser, avec ses gros pieds plats, — chez son condamné au supplice d'une vie commune, — toutes les saillies de cette âme mystérieuse dont il manque.

Mais ce qui est à la fois étrange et triste à dire, c'est qu'en aucun pays mieux qu'en France, le sot n'est en honneur et en prospérité; — chez nous, peuple spirituel et léger, il n'y a de succès d'estime que pour les ennuyeux et les lourds. — La médiocrité, qui est toujours et partout la grande majorité, s'empresse d'élever aux nues le sot qu'elle essaye d'opposer au génie ou au talent qui l'inquiète; elle acclame ainsi d'emblée, sur le pavois, des milliers de sots ayant fait leurs preuves, que personne n'examine, ayant reçu leurs grades que nul ne discute, et elle les salue, à l'envi et en jalousie des vrais mérites, poëtes, savants, orateurs, philosophes, académiciens !

« A la porte les originaux, les vivaces, les spiri-

tuels! Nous voulons des hommes sérieux, des
hommes de poids, répètent les sots assemblés, et
nous porterons sur nos épaules le plus pesant et
pédant d'entre nous, dussions-nous, lui régnant,
dormir ou mourir d'ennui. »

XVI

DEUX BLESSURES

Ce titre ainsi soit-il sans plus d'allusion aux blessures qui me sont faites par le tête-à-tête d'une laide ou d'un sot : ces blessures-là se referment, à peine ouvertes, dès que je m'éloigne, comme un vantail retombant derrière moi.

Mais il en est actuellement deux autres de natures différentes, plus précises, dont je pâtis ou auxquelles

NOTA. Lire dans l'*Exorde* le motif de cet encadrement.

je compatis, et qui se ravivent, au contraire, quelle
que soit la distance : l'une est la chirurgicale coupure
de votre petit doigt, ami L... ; l'autre est la profonde
saignée de votre cœur, cousin A... —Vous n'allez pas
me défendre d'avoir mal où vous souffrez? — Laissez
mon affection pour l'une comme pour l'autre imaginer à part elle ce raffinement de la douleur.

Or, j'ai observé, ou plutôt j'ai éprouvé, que tout
frappait de soi-même dans la sensibilité de vos
blessures depuis que vous en gémissez. Vous ne
pouvez faire un mouvement ou un pas qui n'abou-
tisse ou ne corresponde à leurs nerfs délicats : votre
petit doigt malade est devenu l'axe de toutes les
choses brutales ; votre cœur transpercé est devenu
le passage de toutes les choses pénibles.

Qu'un objet quelconque se renverse sur vous,
malheureux L..., il est certain que, de votre personne
entière, c'est le petit doigt qui portera le coup ; que
vous vous heurtiez vous-même à quelque corps
étranger, il est sûr que le petit doigt y donnera de
l'avant.

Qu'un père en deuil suive la triste caravane de son

enfant vers le cimetière, il est certain, pauvre A...,
que vous vous trouverez sur la route et que les
larmes vous remonteront à cette image funèbre de
votre récente désolation ; que vous abordiez vous-
même un indifférent, heureux père d'une famille
florissante, il est sûr qu'il ne tardera point à vous
conter les merveilles de son fils aîné, et vous pleu-
rerez plus encore qu'à la rencontre du père en
deuil.

N'est-ce point vrai ? — N'en est-il pas partout et
pour tout ainsi ? — Oui, vos deux exemples sont les
deux règles de nos fatalités matérielles ou morales.
N'ayons en nous ou sur nous qu'un seul point dou-
loureux, il servira de cible à toutes les flèches
volantes, et chaque pointe y percera !...

Davantage : il suffit d'être blessé comme vous
deux, au doigt ou au cœur, pour que même la poignée de main la plus sincère et la consolation la
plus simple arrachent un cri dans le renouvellement
de ces blessures !

Et moi, donc, que fais-je en touchant ici mala-
droitement vos plaies ? — Ma plume tremble, mon

papier pâlit. Ami L..., déchirez-moi cette feuille et
la tordez en cornet autour de votre petit doigt qui se
cicatrise ; cousin A..., arrachez-moi cette plume et
la plantez en aigrette sur le petit bonnet de votre
second enfant !

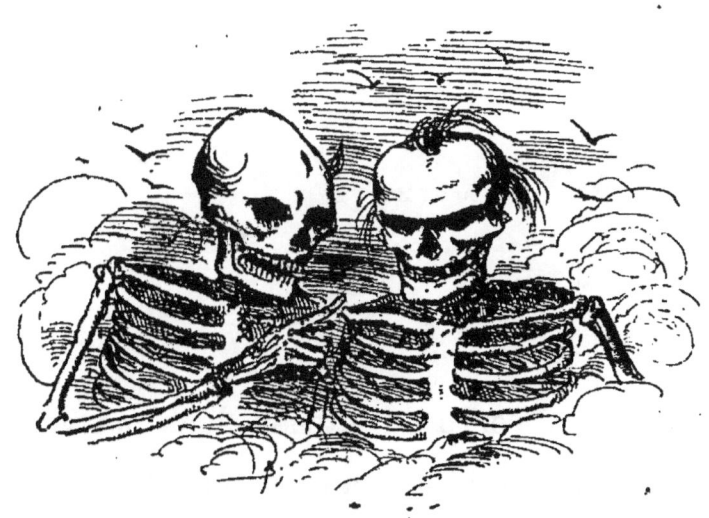

XVII

L'ATTENTE

Que n'ai-je pas couru ou attendu dans ma vie !
A quelle borne n'ai-je brûlé ma roue, ou sur laquelle
ne suis-je monté moi-même pour voir venir ?

De tout ce que j'ai couru, je n'ai aperçu que des
talons décampant dans la poussière : de tout ce que
j'ai attendu, je n'ai avisé que des bouts de pieds
détournant dans la nuit. Les bornes que j'ai dépas-
sées m'ont laissé me perdre au désert, et celles que
j'ai grimpées ne m'en ont montré que la vide étendue.

Mais à quoi bon prendre un ton d'Odyssée pour

chanter des attrapes ? Sachons plutôt prendre comme
il convient cette mauvaise plaisanterie que l'on

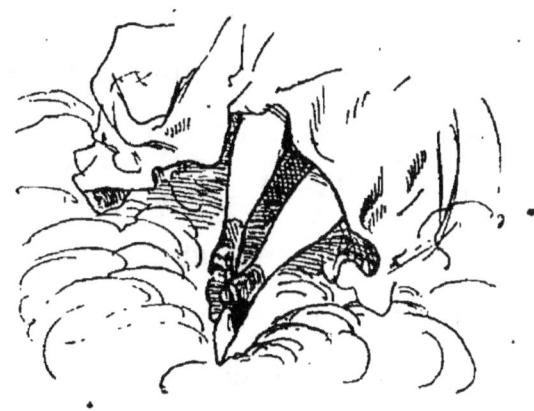

nomme la vie, et puisque nous sommes entourés
d'esprits qui ne demandent qu'à rire, tâchons de
mettre les rieurs de notre côté et, de qui rira le
dernier, rions du moins les premiers ! — ou mieux
encore, désespérons-les en n'espérant plus ; cessons
d'attendre le bénéfice de quoi que ce soit, afin
qu'eux-mêmes n'attendent en rien notre déception ;
répétons tout haut, à leur souhait, que le désir est
la plus grande des chances contre son propre objet ;
qu'il y a dans l'espoir une force (ou une farce !)
secrète qui repousse au loin ce qu'on espère ;
et qu'enfin le bruit du cœur qui bat est comme un

bruit de pas qui, en s'accélérant, fait enfuir de peur la créature ou la chose aimée !

Bonnes gens, comptant encore sur quelqu'un ou sur quelque chose, vous ne voyez donc pas que vous vous jetez de vous-mêmes au devant de toutes les désillusions et de tous les désenchantements ! — Vous attendez un bien... il manque, et cela précisément parce que vous y aspiriez. — Vous redoutez un mal... il fond sur vous, et ceci justement parce que vous l'appréhendez. — Et ce bien auquel vous aspirez, si, par extraordinaire, il vient, jamais il n'arrive quand ni comment vous l'attendiez : il vous laisse auparavant vous épuiser de langueur et de longueur, ou il se présente si modifié et dans des conditions si différentes, qu'à son jour vous éprouvez plus de peine que de plaisir; et ce mal que vous appréhendez, s'il ne vous tombe dix fois pour une, est certainement remplacé par un autre plus terrible que vous ne supposez point et dont la surprise vous anéantit.

En un mot, tout se dérobe de ce que vous désirez : tout se réalise de ce que vous redoutez. Poursuivez, on vous fuit; fuyez, on vous poursuit. Il n'y a de persistant derrière vous que ce qui vous accable; il n'y a d'éphémère devant vous que ce qui vous sourit.

— Et par une combinaison aussi mathématique que fatale, la malice des choses ayant résolu le problème particulier et universel de contrarier tout le monde à la fois, — souvent même il suffit que l'un de vous vise quelque gibier nécessaire à sa vie pour que, le manquant, un autre reçoive, par ricochet, en pleine poitrine, le contre-coup qui le tue!

Soyez plus sages : vivez sans désir comme sans espérance. Stoïcisme et insouciance sont les deux seuls bras du bonheur. — Voulez-vous réussir, ne songez point au succès; voulez-vous gagner, ne tendez point au gain; voulez-vous posséder, n'aspirez point à la jouissance; voulez-vous être bien portant, n'ayez nul souci de votre santé. — Paradoxes! dites-vous. — Mais les faits crient d'eux-mêmes : par toute la terre, à qui a soif le sort ne donne-t-il pas un pain dur? — à qui a faim n'offre-t-il point un verre d'eau claire? — Qui a la satiété regorge, et qui est riche d'appétit mendie. — Le sort cruel comble qui n'en a que faire et arrache au misérable sans ressources le peu qu'il a. — La grêle s'acharne sur les moissons déjà grillées du soleil, et les neiges des montagnes s'effondrent dans les vallées déjà noyées de pluies. — En quoi donc consistent la prudence et la patience? — A se contenter de tout et même de rien; à se tenir en continuelle perspective du contraire de ce qu'on aime et du pire de ce qu'on hait.

Psyché veut revoir son amant; elle abaisse sa

lampe : l'amant s'éveille et s'envole! Orphée se

retourne pour regarder son Eurydice, et la chère femme retombe aux enfers : telle est la double allégorie de nos désirs !

Et jusque dans notre âme même chose analogue se reproduit : le désir comme l'amour est un flambeau, flambeau qui crépite dans le désir et qui dévore dans l'amour ; — toujours est-il qu'un démon intime le tient et le dresse entre nous et l'objet séduisant ; il l'illumine de face, et cet éclat artificiel

nous éblouit... L'objet s'avance ou nous allons à lui... et à mesure de notre approche, le démon, gambadant son flambeau à la main, contourne et passe derrière... Bientôt il éclaire d'autres choses lointaines, et ce n'est plus alors qu'une grande ombre que projette sur nous l'objet décevant qui nous ravissait à distance !

Aussi bien les infortunés qui se bercent d'espoir

me font–ils penser à ces pauvres diables qui couchent
à la nuit et *à la corde* : au moment où ils dorment de
leur mieux, où ils rêvent de leur plus beau, et se

tendent et s'appuient dans un entier abandon, la
corde casse par le milieu, et tous, à la ligne, sont
précipités sur le carreau ! — Eh ! quelle espérance
n'est de même un conte à dormir debout, au pied
d'un mur et en l'appui d'une corde usée ?

XVIII

QUIPROQUOS

Attendre ou prendre une chose pour une autre, c'est tout de même, sauf que dans l'attente l'erreur vient à nous et que nous allons à l'erreur dans la méprise. Mais de chaque façon, ce sont les choses qui nous trahissent en se soustrayant à nos vœux, ou nous trompent en se supplantant dans nos inattentions.

Je me souviens, parmi tant d'autres, d'une circonstance où je fus à la fois chassé contre ce double écueil : — Charybde et Scylla sont certainement

compères compagnons, et, se touchant du pied par-
dessous roche, ils se renvoient la balle au bond ou
se rejettent toute barque de l'un à l'autre bord.

Jadis, je fus cette barque ou cette balle; ayant
l'amour en poupe ou étant moi-même le jouet du
malin enfant. — J'avais alors le bel âge des désirs. —
Et que ce mot ne scandalise point : désir de jeunesse est un céleste feu; c'est un vin petillant, par
Dieu même versé, et le cœur qui en est rempli s'é-
lève d'autant, aussi pur que la coupe de cristal au

grand jour d'une salle de banquet! Hélas!... ce n'est
que plus tard qu'apparaît la lie... plus tard que le
verre se ternit dans les vapeurs du repas... plus tard

qu'il roule à terre et se brise et se souille... Et pourquoi? — Parce qu'il est vide!

J'avais connu en l'air une douce fille, fauvette du
Luxembourg, modiste, je crois. — Tout ce dont j'ai

mémoire, c'est que sa taille était parfaitement ronde
et que je n'avais pas eu besoin d'en faire sept fois
le tour, au clairon de mes baisers, pour voir les

murailles tomber... Quelle charmante ville! quelles blanches coupoles!... Et combien glorieuse fut mon entrée! — Scélérat! — vous dites. Eh! qu'auriez-vous fait à ma place, la place prise?

Mais voici comme les choses me bloquèrent à leur tour. — Ma conquête eut du retentissement dans les contrées lointaines; la province s'en émut, et

l'on me somma, courrier sur courrier, d'avoir à lâcher prise dans le plus bref délai. L'autorité d'un oncle vint en personne, pour écarter la tentation et s'assurer de l'exécution du présent décret qui m'interdisait, en vertu du code, l'usufruit et la nue propriété de ma modiste. — Il fallut rentrer, bon gré mal gré, dans le *droit* chemin, long et monotone ruban de poussière, sans même regarder par-dessus

la haie vive le joli sentier où j'avais si genti-
ment serpenté avec la plus ondoyante des filles
d'Ève.

Mais bientôt, battant de l'aile et jouant de la
plume :

« Non! non! mieux la mort que ton absence,
chère Lina. Je ne puis respirer qu'en aspirant vers
toi. Mon âme s'est tout entière ramassée dans ton
sein ; et il ne m'en reste rien là où tu n'es plus. —
Dussé-je m'aliéner tous mes proches, je suis décidé
à braver l'univers plutôt que de languir loin de toi.
— Reviens donc, mon petit oiseau d'amour, reviens sans tarder dans mes bras, tristement étendus
comme des bois d'hiver, et rapporte-moi le prin-
temps en rayons dans tes yeux, en chansons sur tes
lèvres; reviens! je tiens ta becquée prête et je ca-
cherai ton nid, je veux dire ta mansarde, tellement
haut qu'on ne l'atteindra qu'en m'abattant moi-même
ou en passant au travers de la mienne! »

« *P. S.* Mon oncle est reparti, je t'attends à la
première matinée de soleil. »

En même temps j'écrivis hypocritement en province :

« Cher oncle, vous me voyez encore tout honteux de ma dernière folie : si j'ose moi-même la rappeler c'est pour vous assurer que je ne faillirai plus. Ce n'est, du reste, pas un grand sacrifice à vous faire, je n'aime que vous et ne veux désormais avoir qu'une pensée, celle de vous revenir, à Nogent-le-Rotrou, avocat, peut-être sans cause, mais à coup sûr sans reproche. »

Les deux lettres ensemble expédiées, j'attendis trois jours dans la jeune palpitation de mes désirs, non la réponse de mon oncle dont je ne me souciais guère, mais le retour de ma Lina. — Trois jours, me réveillant au coup de sonnette matinal, je m'élançai croyant ouvrir à l'ange qui devait monter chez moi en redescendant du ciel; trois fois de suite, dès l'aurore, je donnai de tout mon cœur en feu dans les seaux d'un Auvergnat, mon porteur d'eau. — Le quatrième jour, enfin, on sonne à tout rompre... J'accours, c'était... ma vieille portière, à l'œil gris, qui, goguenarde et ricanante, me tendait

deux lettres, l'une de mon oncle, contenant ces mots : « Quittez Paris tout de suite ou je vous déshérite, monsieur ! » et l'autre de ma maîtresse : « Monsieur, vous n'êtes qu'un sans cœur, je pars et vous maudis. »

Que signifie?... Ah! j'y suis! Sans doute en mettant les adresses... — Horrible quiproquo!

XIX

PAR SÉRIES

Il y a vraiment des jours où je ne sais pourquoi
le soleil et moi nous nous levons... — Serait-ce
que j'ai marché ce matin, comme on le dit vulgai-
rement, sur quelque herbe de maléfice? Soit! mon
humeur y est pour beaucoup ; mais voyez cependant
par quelle série de contrariétés successives j'ai dé-
gringolé, tombant des nuages du sommeil, comme
de branche en branche épineuses, jusqu'au soir.

A peine habillé, œuvre non facile, vu les caprices
sans nombre de chaque pièce de ma toilette, j'ai

essayé de me mettre au travail : je me suis assis
pour écrire ; je me suis relevé pour peindre. — Impossible de joindre deux idées et de concilier deux
teintes : pas une ligne qui vaille sur la toile ou sur
le papier. Alors j'ai dépouillé ma correspondance : le
facteur, — ce héraut du tournoi de la vie, — toujours si impatiemment attendu, ne m'avait apporté
que des épîtres insignifiantes ou malveillantes, de
ces formules vulgaires ou de ces conseils douceâtres,
envois du pays et de l'étranger. — Je suis sorti :
la première chose que j'ai vue, c'est que mon habit
n'était pas brossé, et la seconde que j'ai ressentie,

c'est que le désœuvrement
me bâillait dans l'âme
jusqu'à la crispation. —
En longeant l'étalage d'un
libraire, je clignai du coin
de l'œil : mon dernier
volume, *Histoire du feu,
par une bûche,* était aux

trois quarts recouvert sous le verso, encore humide,
d'un nouveau traité de pisciculture ; j'ai souri et j'ai

passé outre, aucun autre livre que le mien n'étant de
nature à m'intéresser. — Déjeuner détestable; jour-
naux assommants; passants af-
faires ou effarés; — voilà le
programme jusqu'à midi. — Je
songeai, par contraste, aux
galeries du Musée, et j'en pris
le chemin, me flattant de passer
un bon moment, entre deux
haies de chefs-d'œuvre, dans
l'oubli des vivants : une petite
affiche appendue à l'entrée annonçait que, pour

aujourd'hui seule-
ment, et à cause de
réparations indis-
pensables, le public
n'était pas admis.
— Vers une heure,
j'eus la ressource
de quelques visites :
chez madame N...;

son mari, seul au gîte, reconnaissant ma voix,

m'entraîna malgré moi dans son cabinet pour me
consulter sur un placement hypothécaire; et chez
mademoiselle M..., pour lors absente, j'eus de prime-
saut une discussion religieuse avec l'institutrice

protestante endurcie par cinquante ans de fidèle
communion. — Pris de spleen, j'arrivai deux
minutes trop tard au sixième étage d'un ami sur
lequel je comptais pour me remettre le cœur :
— Il vient de partir à l'instant même! Comment
ne vous êtes-vous pas croisés dans l'escalier?
me dit-on; — et peu après je virai, une seconde

trop tôt, devant le cabaret du coin, où je soutins sur
le flanc droit la sortie d'un ivrogne chancelant. —

De ce pas, la bourrasque essuyée, j'allais... non, je
ne vous dirai point où! j'allais, en tout cas, d'un
bon pas... Du fond de la place, coupant sur moi
comme bise, un malencontreux me frappe l'épaule et
me noue aussitôt bras sous bras : — De quel côté
tournez-vous, cher? — Et, regardant sa montre : —
J'ai le temps et je vous accompagne!... (O mes
compatriotes, n'est-ce pas assez lyonnais!) — Heu-

reux suis-je encore si, par un interrogatoire à bout
portant, il ne me crible de ses indiscrètes questions :

— D'où sortez-vous?
que faites - vous? à
quoi pensez-vous? —
Mais il me tient, et
c'est assez pour en
gémir. Par maints dé-
tours inutiles je tente
de lui échapper : rien
ne le presse ni ne le
lasse, il ira où j'irai; il est tout à ma disposition, et
ça lui est parfaitement égal de passer ici ou là... Aussi
fort patient que grand marcheur, il m'attend sur le
seuil des maisons où je prétexte une connaissance ou
une commission; il entre avec moi dans les magasins,
s'attable aux cafés et me fait bonne garde jusqu'à
l'issue des *water-closets* ; enfin, l'heure de mon
rendez-vous galant dès longtemps sonnée et envolée,
ma journée finie et perdue, il me lâche, — se rappelant soudain une affaire importante dont l'a distrait
et détourné son accès ou excès d'amabilité pour moi;

pour moi qui, la sueur au front, la rage au cœur,
rentre alors échiné comme un pauvre âne qu'on vient
de décharger de son bât...

A peine dans ma chambre, par la fenêtre entr'ouverte, un courant d'air profite de l'occasion, et tandis
que je laisse, anéanti, choir ma tête dans les mains,
il me siffle perfidement sur la nuque : j'éternue ! —
C'en est fait ; un rhume... Pardon, lecteur, et attendez que je me mouche !

N'est-ce que cela ? n'ai-je point autre chose à vous
conter ? — Voudrait-on davantage ? — Ah ! demandez donc votre reste aux vrais malheureux qui ont
passé par les séries terribles ! à ceux qui ont eux-
mêmes expérimenté que le malheur est lâche, qu'il
ne vient jamais seul, qu'il s'appelle Légion et se
rue d'habitude avec sept autres malheurs plus méchants que lui sur toute victime une première fois
abattue ; demandez-le surtout à ceux qui sont nés
dans une série douloureuse qui les cahote du berceau
à la tombe !... à ceux qui, dès leur abord ici-bas,
sont tombés rudement sur un seuil maudit, ont souf-
fert toutes les douleurs du cœur et du corps, ont

éprouvé successivement tout es les pertes de parents
et d'amis, de santé et de fortune, — ont enfin
laissé le meilleur de leur sang à toutes les épines
de la route et dont la vie entière n'est qu'un jour
néfaste, un long vendredi, — où se reproduisent en
grand et en horrible toutes mes petites contrariétés
d'aujourd'hui.

XX

LES MEILLEURES

XXI

LES PIRES

Avez-vous lu? Avez-vous vu passer *les meilleures*
au précédent chapitre? — Cette ligne de petits points
noirs, ce sont elles-mêmes, dessinées d'après nature, telles qu'elles nous apparaissent, fuyant à l'horizon déjà tourné de la jeunesse. — Nous parlons
des meilleures, il en est donc de bonnes? — Oui,
bien; et même, hors les excellentes, comme l'amour
et la beauté, il est dans la physionomie de certaines
choses matérielles un air de douceur et de mansué-
tude qui nous est à tous également sympathique. —

Il y a des lieux, par exemple, qui nous charment sans que nous puissions nous en rendre compte. Je sais telle maisonnette, enveloppée dans l'odorante fumée des fours, dont la poétique toiture abrite mon âme

elle-même; tel coteau, dont l'onduleuse courbure, au temps des foins embaumés, me fait rêver les yeux ouverts; tel coin de bois, parfumé après les pluies, où je me trouve heureux, renversé dans la mousse verte et regardant le ciel à fond bleu se mouvant dans sa ouate blanche au-dessus d'un tremblant feuillage. — Il y a même de simples objets qui exercent sur nous une attraction propre, animés qu'ils sont, sans doute, de bons génies que nous

aimons en eux, et bien que ne sachant définir à
nous-mêmes le contentement que nous éprouvons à
les posséder.

Eh bien! ces objets, ce bijou, ce souvenir, ce ho-
chet auxquels nous tenons si fort, ce sont eux que
nous égarerons ou qui nous seront d'abord ravis! —
Eh bien! ces lieux chéris, ce toit, cette colline, ce
grand arbre, ce sont eux que nous quitterons le plus
tôt forcément, ou qui seront le plus vite abattus par
la pioche et la hache, ou éventrés par le tunnel de
quelque locomotive!

Faut-il ajouter que l'amour, la beauté, la jeunesse, les trois choses meilleures, enfin, sont les
trois plus fugitives? — Celles-là ont des ailes comme
les anges, et elles s'en servent, comme les hiron-
delles, pour émigrer aux pays que nous quittons! La
vie est un voyage vers le nord, tandis que le bonheur
hiverne dans le midi; — et c'est à peine si, en route,
à la croisée d'un relais, nous l'entrevoyons durant
l'échange des postillons!

Quant aux pires, leur caractère est précisément
de demeurer : celles-là ont des crampons de fer,

elles nous prennent à l'abordage ; et que l'une d'elles
nous soit particulièrement odieuse, elle s'attache
spécialement à nous, nous serrant au plus près et
nous accompagnant le plus loin… de telle sorte que,
le démon aidant, quoi que nous fassions pour changer
et nous affranchir, nous nous trouvons toujours, forcément ramenés, comme des repris de justice en rup-
ture de ban, soit dans l'endroit même et dans les
conditions spéciales que nous abhorrons, soit en obligatoire intimité avec l'être qui nous est insupportable entre tous!… Quelle existence humaine n'est
ainsi entraînée au rebours de ses goûts et de ses tendances? Laquelle ne flotte, malgré elle, à la dérive
et à l'envers tout au long du cours de ce fleuve per-
fide du temps qui nous charrie, demi-noyés, à la
grosse mer éternelle? --- Ah! qui donc navigue sa vie
autrement qu'à son corps défendant, rudement se-
coué, le cœur aux lèvres, et dans le côte-à-côte de
ses plus invincibles antipathies?

Quelles sont ces antipathies? quelles sont ces
pires? quelles sont ces mauvaises? — Ce serait faire
la revue de l'univers que de les énumérer ! — Outre

lès jeux de la mort qui, à tout coup, fait échec aux bons et mat aux utiles, laissant, par contre, aux nuisibles et aux égoïstes tous les avantages de la partie. — Ton prochain persécuteras et ta peau seule adoreras, afin de vivre longuement! — Outre ces aspirements et ces refoulements calculés des *pompes* funèbres invisibles, le monde est plein d'horribles choses qui se dressent ou s'accomplissent avec tranquillité : catastrophes publiques ou douleurs cachées, calamités criantes ou chagrins indicibles, c'est comme un déluge dont chaque vague a une bouche pour mordre et dont chaque marée a une gueule pour engloutir! Et ces marées séculaires semblent accomplir leur ordre! et ces vagues diurnes paraissent exécuter leur loi!... Oh! laissez-moi penser que des légions d'esprits ennemis chevauchent sous ces flots théâtrals! — Ne me dites pas que ce noir Océan relève uniquement de Dieu! L'Océan du mal où nous sommes plongés m'épouvante, et, lorsque je le contemple, j'ai besoin de croire... à toute l'infernale malice des choses!

Cependant il se peut que les meilleures ressortent,

un jour, de ce que nous appelons les pires. Dès à présent, ne voyons-nous pas, ne sentons-nous point les pires surgir du fond même de celles que nous comptions les meilleures?

XXII

TERMES ET ÉCHÉANCES

Une des pires choses que je connaisse, que j'aie connues, du moins, c'est d'être réveillé le matin par des factures à payer ou par des créanciers en personne : je me rappelle le temps où je bataillais pour vivre, tirant de mon côté le diable par la queue et réveillé moi-même bien plus vraisemblablement par le démon des pièces de cent sous courantes. — Comment se faisait-il qu'alors tous mes ennuis et toutes mes difficultés d'existence se rencontrassent, se donnant le mot et la main, à certains jours marqués de noir, pour se presser sur moi et m'accabler d'ensemble?... Or, c'était précisément les jours dont la veille avait épuisé mes dernières ressources; c'était au matin même des soirées sans souper, et des nuits les plus creuses, que pleuvaient sur ma tête, dru comme grêle : notes détaillées de tailleurs ou de gargotiers, quittances instantes de loyer de chambre ou de location de meubles, billets à ordre contre-signés et lettres d'invitation à payement immédiat; et si je me trouvais absolument sans la moindre ressource, incapable de déjeuner, manquant de tout, sauf d'appétit, le plus impitoyable de mes réclamants me prenait à jeun, faisant dans mes meubles une scène à tout rompre, — parlant d'or à un malheureux sans un denier et de prison à un infortuné reclus de sa propre misère.

Évidemment, il y avait dans ces faits quelque chose de cruel, d'abord, puis de raffiné comme si mon supplice était de combinaison surnaturelle. — Des génies *avertisseurs* avaient donc prévenu huissiers et recors des jours où je languissais... et où j'étais chez moi? Ces mêmes esprits, avant d'aller de

,l'un à l'autre créanciers, s'étaient donc convoqués, disant :

— *Premier génie.* — Je viens de découvrir un mortel qui s'est endormi en rêvant, faute de la réalité présente, à son dîner du lendemain... et je ne sais s'il l'obtiendra !

— *Deuxième génie.* — Moi j'ai plongé dans les fonds de sa bourse : en l'un je n'ai trouvé que des reconnaissances du mont-de-piété et en l'autre j'ai trouvé par où sortir moi-même.

— *Troisième génie.* — Moi j'ai fouillé tous ses tiroirs ; ils renfermaient d'opulentes descriptions et je n'y ai vu que des femmes aux cheveux d'or, se promenant à des bras millionnaires dans des palais de diamants.

— *Quatrième génie.* — Moi j'ai retourné sa malle et n'y ai découvert qu'une croûte de pain moisie, un gilet de flanelle et, entre les deux, un gros rat qui hésitait.

— *Tous les génies ensemble.* — C'est le moment!
Hâtons-nous d'aller trouver les fournisseurs; sti-
mulons ceux qui déjà s'inquiètent et inquiétons ceux
qui patientent encore! Vite, pour cet office, disper-
sons-nous aux quatre coins du monde; la nuit est
bonne aux mauvais, — et demain, à la première
flèche du jour, à la première volée des cloches,
transperçons notre homme en lui carillonnant à coup
portant son quart d'heure de Rabelais!

Et quel gîte, quel corps ou quel véhicule plus ap-
propriés aux us et coutumes de ces malins esprits
que la monnaie elle-même! Aussi, comme ils s'en-
tassent dans les coffres de l'avare, comme ils relui-
sent dans la main du séducteur, comme ils roulent
sur le chemin du prodigue! — On dirait des piles
électriques que ces pièces empilées; on dirait de
petits soleils de poche que ces écus sautillants; on
dirait des gamins échappés de l'école que ces louis
moqueurs se dispersant en faisant la roue sur eux-
mêmes dans toutes les poussières de la vie!

Mais, pour les posséder, à quelle servitude n'a-
mènent-ils pas! et, pour qui les possède, de

quelles bassesses ne rendent - ils pas témoins !

L'or et l'argent, avidement convoités, ont conquis aujourd'hui le royaume même des âmes. Pouvoir temporel ou pouvoir spirituel ne font plus qu'un sur leurs couronnes ! — Tout s'achète et tout se revend. Aussi les songes de fortune absorbent-ils l'existence entière et chacun se voit obligé, pour ne pas périr de faim, de manger le capital de ses facultés avec le revenu de son travail. L'Argent, c'est le maître, c'est le magicien. Les plus indépendants lui obéissent en tremblant du fond de leurs entrailles ! et les plus excellents des êtres se transforment à son contact; — mieux que l'habitude sa présence seule décide d'une seconde nature. — Tel qui, d'ordinaire, est bon, doux et simple, s'il est question d'argent, changera subitement de pensées et de visage, à ce point que ses amis ne le reconnaîtront même pas !

Pour qui respire l'air où l'or s'agite, comme d'une potasse spirituelle, il se fait en lui un desséchement de tout son cœur. Pour qui aspire dans le courant où l'or circule, comme par une galvanoplastie mo-

rale, il se fait sur lui un endur-
cissement de toute son âme!

Oh! j'ai l'horreur de l'or et
la haine de l'argent... Et c'est
pourquoi je crierai plus que
d'autres hypocritement travail-
lés de ce même désir, qu'il est
urgent d'en posséder beaucoup! — Beaucoup pour n'a-

voir point à y songer ! — Beaucoup pour pouvoir en jeter par les fenêtres tout en fermant sa porte aux vils marchands de métal !

S'établir dans la société, c'est camper de nuit en pleine forêt : il faut un cercle de feu pour écarter les bêtes féroces; il faut un cercle d'or pour tenir en arrêt les hommes de proie !

Car, de toutes les définitions de la vie humaine, je n'en connais qu'une de lamentablement vraie : Vivre, c'est payer, et qui n'a pas de quoi payer... qu'il meure !

XXIII

LA DERNIÈRE ALLUMETTE

Afin de vous distraire des immondes soucis d'argent, et, avant que vos créanciers ne montent, écoutez une histoire.

C'était un soir de clair de lune ; de bonne heure je m'étais retiré et couché dans ma chambre d'hôtel : fatigué d'une longue route à pied par-dessus les cols alpestres, je commençais à jouir entre mes draps de ce demi-sommeil, encore transparent, où l'âme s'enlève et se berce, tandis que le corps s'allonge et se détend...,

Les yeux vaguement entr'ouverts, j'avais à la fois la vision interne de mes rêves ébauchés et le sentiment confus de la chambre où la lune proje- tait, des barreaux de la fenêtre sur le dallage, ses lo- sanges d'argent. Autant que je puis me souvenir, une grosse mouche nocturne, voletant çà et là, bour- donnait et buttait contre les vitres : elle répondait dans ma tête à je ne sais plus quel discours poli- tique que j'avais lu après souper, et qui me revenait tout entier en m'endormant.

Quelques-uns de ces petits craquements de meu- bles, de boiseries ou de planchers, qui coupent en deux le pur diamant du premier sommeil, se succé- dèrent coup sur coup à travers mes songes, ainsi qu'une lointaine fusillade, puis à l'instant même, comme une grande fumée blanche, une ombre svelte, radieuse, élancée, traversa diagonalement la pièce !

— Je n'avais toutefois point entendu la pression du loquet ni le tournement des gonds. — Mais l'éveil donné, je distinguai de l'ouïe, dans le cabinet atte- nant à ma chambre, la traînée d'un pas, le frôlement d'une étoffe... De me dresser aussitôt sur mon séant et d'écouter dans le tic–tac du cœur... Une main légère prenait et reposait tour à tour divers objets

sur le marbre du lavabo... Leurs petits bruits significatifs ne tardèrent pas à m'assurer qu'une personne réelle se croyait là dans son appartement et y faisait, comme chez elle, ses apprêts de nuit. Sans plus réfléchir, je sautai au bas du lit, et, moi aussi, tout en blanc... me voilà !... Non, jamais cri plus strident ne fut poussé par une plus jolie femme que

celle qui tomba évanouie sur la chaise longue de cet
étroit réduit.

Ce ne fut pas petite tâche que de lui trouver des
sels et de dégrafer son peignoir, de lui expliquer

mon apparition et de la rassurer sur les suites...
Or, toutes ces scènes délicates se passèrent sans
autre lumière que celle qu'aurait bien pu nous prêter

la lune, une sotte qui n'eut rien de plus pressé que de tirer de sa poche un épais nuage à *carreaux*, dont elle se voila subitement la face.

Il est vrai que j'étais toujours en chemise, l'étrangère étendue près de moi, et qu'un tel tableau était de nature à intimider *la chaste reine des nuits*. — Pure grimace ! comme si elle n'en avait pas vu d'autres !

Et vos allumettes ? — dira quelqu'un. — Que n'y recouriez-vous ? — C'est là même que j'en veux venir.

Sur cinq ou six qui restaient au fond de ma boîte, et que je frottai au mur jusqu'à les briser comme paille, la dernière seule jeta son feu ; encore s'éteignit-elle en me brûlant les doigts... il me fallut dans l'ombre, à tâtons, chercher ma robe de chambre et regagner ma belle incluse. Certes, vue contre la croisée et à cette clarté douce qui tombe des étoiles, elle paraissait douée d'une beauté merveilleuse. Autant que j'en pus juger dans l'harmonie de l'ensemble, sa taille était élastique et fière, son air de tête voluptueux et mélancolique ; la ferme courbure

de ses épaules et la ligne suave de son cou s'agen-
çaient par une chute admirable avec le double sou-
lèvement d'une gorge toute palpitante d'actualité ;
son visage, d'un ovale régulier, d'un blanc mat, aux
traits amincis des statues athéniennes, était vivifié
par le rayonnement de ses grandes prunelles noires ;
ses lèvres pleines, aux coins relevés, souriaient à
fossettes ; sa joue se contournait amoureusement
d'un nez droit à une oreille arrondie ; et le tout se
trouvait encadré dans les ondulations d'une fine
chevelure d'où se déroulait sur son sein, marbre
entrevu, une de ces longues boucles charmantes,
ironiquement nommées *repentir*, parce qu'elles sup-
posent toujours le renouvellement du péché qu'elles
inspirent.

Du moins, la voyageuse finit-elle par se le laisser
dire ainsi, et, tout en devisant de notre dangereuse
situation, nous convînmes, vers une heure un quart
environ, de partager ensemble le différend... et
d'étouffer l'affaire... sur ou sous le même oreiller.

— Bah ! tout fut pour le mieux dans le plus mauvais des lits possibles.

Cependant un signe, une sorte de condamnation flamboya longtemps sur la muraille vis-à-vis de moi : le phosphore de ma dernière allumette y avait tracé comme le *manè, thécel, pharès* du festin de Balthazar... mais tout entier au *repentir* que vous savez, je n'eus pas une pensée pour le remords.

Allumette! allumette! encore une fois j'étais l'attrapé des choses, et tu le savais! — Au premier

jour de l'aube glissant entre les rideaux, le visage de ma belle de nuit me fut révélé... et depuis lors il m'est resté en mille et mille points *gravé*, — tel qu'il était, — dans ma mémoire.

Soyons juste! la lune, pour cette nuitée, se conduisit vraiment en sœur complice; elle aussi relève de mal, voyez plutôt sa mine d'écumoire!

Soyons content! — à petit mal il n'y avait pas encore grand mal!

XXIV

CHUTE DES CORPS

J'avais rassemblé avec soin les feuilles éparses du présent écrit et je me complaisais à les tasser en manière de volume lorsque, tout à l'heure, l'une d'elles s'échappa d'un vol oblique pour s'aller blottir par-dessous mon fauteuil ; et comme je faisais l'effort de me retourner en me penchant, afin de l'atteindre sans quitter le siége, toutes mes autres pages oubliées sur mes genoux dévalèrent à la fois, et se répandirent en chaos à mes pieds. — Courez donc après une brebis perdue sur cent, pour que,

derrière vous, les quatre-vingt-dix neuf autres prennent ensemble la fuite !

Or, si j'avais été
surpris, en ce mo-
ment critique, par
un de ces visiteurs
spirituels comme
j'en connais, il n'eût
point manqué d'ob-
server que ce dé-
sordre de fait n'était
que le pendant de
celui de mes idées

exprimées; il aurait ajouté, s'il se fût trouvé de mes
amis, qu'une pareille chute devait être regardée
comme le pronostic de cette autre plus irréparable,
à laquelle mon ouvrage entier doit s'attendre... —
C'est possible; mais je poursuis trop sincèrement
l'exécution de mon plan pour me laisser arrêter par
des railleries si déplacées; c'est possible, vous dis-
je, mais laissez-moi tranquille !

Vous voyez, lecteur, s'il fait bon me narguer

lorsque je suis aux prises avec les choses, et irrité déjà par leurs incessantes taquineries.

Bien qu'au fond je ne sois pas fâché de l'incident, à l'appui et au début de mon important chapitre de la chute des corps, — je n'ai plus qu'à me baisser pour ramasser mes pensées à pleines mains.

Non que je me méprenne, ignorant, à ce point de confondre l'attraction centrale avec la malignité des esprits tombants : — on sait sa physique ; et même, dans mes classes (vanité des vanités !) j'en ai toujours remporté les premiers prix. — Mais il est des circonstances prochaines, avoisinantes de la chute des corps, à une ligne ou à un mouvement près : et dans ces circonstances mêmes, c'est à pousser sur cette ligne et selon ce mouvement que les malins sont habiles.

Votre dé, madame, que vous posez distraite trop au bord de la table, si, l'instant d'après, il vient à tomber, ne croyez-vous point qu'un être mystérieux l'y ait aidé? — Cet être invisible a vu, je le parierais, que vous n'étiez point seule... et le jeune homme qui maintenant s'élance pour relever le précieux dé

va tomber lui-même en puissance d'un second génie,
frère de celui qui se promène aux bords des tables ;

j'entends celui-là qui circule à la bordure extrême de
vos volants soyeux... Vous n'avez qu'à vous bien
tenir, madame ! — En physique comme en amour,
on n'a jamais pu calculer les entraînements succes-
sifs de la chute des corps. — Eh bien ! à l'ouvrage,

déjà vous avez repris votre dé?... Que de choses vous devez savoir maintenant sur le bout du doigt qui sait tout!

Mais je reste tellement persuadé de la coopération des esprits dans toute chute matérielle ou morale (ces deux ordres de choses se renversant à la file), que je pardonne à toute femme baisant le billet ou le

joyau qui l'a déterminée à faillir, et que j'applaudis tout enfant battant la racine ou la pierre qui l'a fait trébucher.

Le couvreur tombant d'un toit avec l'ardoise qui sous lui s'en détache, ou le pêcheur chutant à la mer

avec le galet écroulé du rivage, sont à mes yeux les
assassinés de cette ardoise et de ce galet.

Si ma pipe saute et se brise, si mon assiette verse
et se casse, m'appellerez-vous maladroit? Me repro-
cherez-vous de ne savoir ni fumer ni manger propre-
ment? Ma pipe culottée, mon assiette comblée, ce

sont deux raisons suffisantes pour me retirer ma
pipe et me sortir de mon assiette.

Et dire cependant qu'en outre des choses qui
glissent journellement de nos mains, exprès pour
nous molester, et disparaissent alors en débris et en
poudre sous nos talons, dire qu'il en est de toutes
pareilles qui nous survivent éternellement! — Dire
que nous ne vivons pas la vie d'une cruche de grès!
et qu'un pot qui nous est cher, s'il le peut, nous
échappera à la première occasion de transport, ou,
s'il le veut, assistera à nos funérailles et à celles des
enfants de nos enfants!... — Dire enfin que nous
tombons malgré nous, et plus bas que terre encore!
Dire tout cela à présent, et éclater de rire, ce soir,
au milieu d'un bon dîner!

O pleur! ô pluie! ô cercles toujours mouvants
des gouttelettes renouvelées dans le courant des
fleuves! — Tomber, tourner, et s'effacer, voilà
l'homme!

Mais, regardez donc : déjà vos dents s'ébranlent;
déjà vos cheveux s'éclaircissent : — ces mêmes cheveux et ces mêmes dents qui persistent, durant des

siècles, au squelette de l'enseveli et qui sont les premiers à s'en aller du corps vivant ! — A un cheveu, tige de lustre, votre jeunesse brillante est encore suspendue ; à une dent, clef de voûte, tient encore le cintre de votre âge mûr : mais le cheveu vous lâche, la dent vous abandonne, et tout s'écroule, et tout s'éteint !

Ah ! dans mon désespoir comme dans ma colère devant la fatalité mortelle des choses, si, par un reste de coquetterie, je ne m'arrache les cheveux, du moins en garderai-je rancune jusqu'à ma dernière dent !

XXV

'est-ce point assez pour établir mes batteries et faudrait-il trente-deux chapitres (nombre encore actuel de mes dents) pour m'armer, en toute mâchoire, contre la malice des choses?

A quoi bon! à quoi bon s'en prendre aux choses

elles-mêmes? Talleyrand prétend que « ça ne leur fait jamais rien du tout. » Moi je soutiens et répète qu'elles se divertissent d'autant plus que nous nous courrouçons.

Reste donc à conclure comme philosophe, et je m'attends bien à ce que les spirites (puisque spirites il y a) vont s'empresser de me donner la main. — Tout beau, messieurs ! je ne suis point des vôtres : une différence, que dis-je? un abîme nous sépare !

Vous, dans tous ces esprits qui voguent ou qui vaguent, plongent ou planent dans l'universalité des choses, vous n'entendez que des *bavards,* moi je ne vois que des *agents.* — Vous écrivez sous leur dictée et presque sous leurs tables, aux noms amalgamés de saint Jean et de Platon, de Fénelon et de Swedenborg, selon les associations capricieuses de vos imaginations, de vos nerfs et de vos compères : moi je n'écris qu'à mon propre escient, à mes risques et périls, pour raconter leurs actes les plus vulgaires, et enregistrer leurs bas et hauts faits dont tous les hommes ont été plus ou moins frappés. — Quelle est la vraie de votre doctrine ou de la mienne? — Ni l'une ni l'autre peut-être. — Cependant j'ai pour moi les apparences et les expériences : vos esprits ont-ils jamais fait un pas ou tracé une seule ligne d'eux-mêmes sans que vous les souteniez par la taille ou les conduisiez par la patte? Les miens, de nature essentiellement agissante et muette, ont au contraire en eux un mouvement perpétuel tout à fait indépendant de notre influence et le plus souvent hostile à nos tendances; silencieux et insaisissables soldats, duellistes masqués, membres taciturnes du grand Conseil des Dix, ils fondent et se fendent sur et contre nous, à toutes les rencontres, à tous les tournants de la vie ! Nous sentons alternativement sur nos poitrines ou sur nos seins les pointes acérées de leurs glaives et de leurs poignards : — ah! la souffrance seule me les ferait avouer, tandis que les pointes de crayons par vous-mêmes taillées et ajustées me font sourire.

Nous ne nous accordons, messieurs, que dans la croyance générale en l'existence des esprits; et il le faut, je le répète, pour ne pas devenir fou dès que l'on regarde et que l'on réfléchit : témoins et victimes de tous les maux qui submergent la terre, incessamment tiraillés, entre nos élancements et nos chutes, par le désir inné du bien et l'entraînement mortel du mal, force nous est de reporter le poids du problème et comme le fardeau de la responsabilité des douleurs ou des fautes sur le dos même des esprits !

Dieu les a sans doute créés, dès l'origine, en multitude innombrable, les uns bons, les autres mauvais,. — Pourquoi et comment ? — C'est là l'*incompréhensible*. — Il les a créés libres de faire ici-bas tout ce que mauvais ou bon leur semble, avec défense expresse de se montrer à nous toutefois, et de ne nous rien trahir de ce qu'ils peuvent savoir sur la fin ou le but de l'univers!... Sauf encore le respect obligé de l'ordre général, essentiel, du reste, à la continuité de son œuvre, le Créateur leur a livré, pour salle de récréation, sa création même, et il a, comme le disent les vieilles Ecritures, — *jeté le monde en pâture à leur dispute et à leurs jeux!*

Nous ne sommes donc, nous autres pullulant et

fourmillant, terre à terre, tout autour de ce globe, que de pauvres petits insèctes, — doués, il est vrai, d'antennes sublimes à leur tour, munies d'un œil qui entrevoit l'infini, — mais, en réalité, de petits insectes manœuvrant dans le courant d'air qu'habitent des génies supérieurs à nous : les bons nous prennent en pitié et ils nous aident à vivre ; les mauvais nous pourchassent et nous tuent. — Qui prétendra prouver que l'homme heureux est plus qu'un moucheron réveillé sous une chaude haleine, et l'infortuné plus qu'un ver écrasé sous un pied ! — A qui le pied? De qui l'haleine?

Cependant le Dieu créateur se serait-il, croisant les bras, retiré incognito, et comme enfermé à double tour dans le fond le plus reculé de son immensité? — Ne me le faites pas dire ! — A travers les espaces peuplés d'êtres hiérarchiques et comme au milieu du cirque en gradins des mondes, il est, il vit!... C'est lui, — le grand prêtre des offrandes de la nature, — qui, chaque matin, par le calice débordant de rosée de la fleur, comme par une bouche ouverte, dit de lui-même : Ceci est mon sang ! et qui, chaque soir, par la baie déchirée du fruit mûr comme par une lèvre entr'écartée, dit : Ceci est mon corps ! — Abeilles et mortels, communiez !

Non ! Dieu ne peut pas avoir délaissé son œuvre comme un potier vend la sienne, sans plus se soucier à quoi elle va servir et de quoi on va la remplir... Tout au moins a-t-il laissé glisser, en pétrissant la pâte, — son anneau d'or ! — Le cœur qui aime le retrouve cet anneau, et il s'en fait une ceinture : le front qui médite le saisit et il s'en fait un diadème ! — *Anneau de Dieu* qui ceignez les hauteurs du monde, ayez pitié de nous ! Enlevez-nous comme un chaînon de votre grande chaîne d'or et tirez-nous enfin des sombres profondeurs de ce trou de misère où les méchants esprits, en tous lieux et en tous temps les plus forts, nous ont précipités dans leur lutte avec les bons ! — Heu ! heu ! voici tantôt six mille ans que nous crions à vous, Seigneur !

Mais Dieu, être tranquille, ne change point ses décrets : également insensés ceux qui implorent l'exception ou blasphèment la règle. Les plaintes sont inutiles et les prières égales. En grand silence

les destins s'accomplissent, les démons gambadent ;
et quant à l'Être qui en ordonne ainsi, s'il est patient,
c'est qu'il est éternel, et s'il est immobile, c'est qu'il
est infini !

En résumé, pour nous, il n'y a qu'un mot d'espoir :
— encore n'est-il pas sûr : — Après ! — Le présent
est certainement une attrape : l'avenir sera peut-
être une surprise ! — A l'entrée de notre hôtellerie
terrestre, il est écrit en gros caractères :

ICI L'ON SERT A BOIRE ET A MANGER,

DEMAIN.

Repassez demain, mon bonhomme ! — Mais
demain se balance à la même enseigne... et après-
demain j'aurai trépassé ! — C'est cela même !

« Nous ne vivons pas, nous attendons de vivre. »

Que conclure donc avec vous, messieurs les spirites, sinon que nous ne sommes pas encore au bout

de nos peines, bien qu'à bout de nos conjectures et que, — dans le dédale où, notre vie durant, nous sommes fermés et flagellés, — tout est plein *d'es-prit-s*... hors ce livre.

TABLE

TABLE 207

FIN DE LA TABLE

Paris. — Imprimerie L. POUPART-DAVYL, rue du Bac, 30.